여기저기
안 아픈 데 없지만
죽는 건 아냐

※ 일러두기
1. 이 책은 월간지 〈소설환동(小說幻冬)〉 2016년 11월~ 2018년 4월에 연재한
"몸이 가르쳐주는 삶의 지혜"를 가필 수정한 것입니다.
2. 본문 중 어휘 풀이는 괄호 안에 담았으며, 모두 역자와 편집자 풀이입니다.

좋을 때나 나쁠 때나
내 몸을 받아들이는 자세

31년생 현역 작가의 느긋한 건강법

여기저기
안 아픈 데 없지만
죽는 건 아냐

소노 아야코 에세이

오유리 옮김

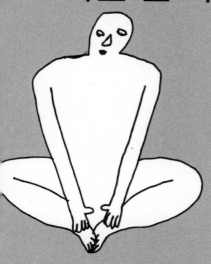

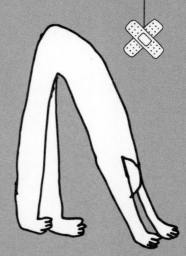

책읽는고양이

편안할 때도 있고 아플 때도 있는 것이 인생

나라는 사람은 기분파이기 때문에 몸이 안 좋아도 정신력으로 많은 일들을 끝까지 해낼 때도 있고, 몸은 멀쩡해도 기분이 푹 가라앉으면 글 한 줄 못 쓸 때가 있다.

사실 나는 오랜 세월 이 몸뚱이와 더불어 사느라 꽤 고생했다. 그렇다고 심각한 질환을 앓고 있는 건 아니다. 어깨뭉침, 코막힘, 최근에는 고양이털 알레르기 같은 만성적인 고장이 있을 뿐이다.

지금 나는 고양이 두 마리와 같이 사는데, 그중 한 마리가 어느 날 밤 침대 위로 올라와 수염을 내 귓가에 비벼대다 잠이 들어버렸다. 얼굴이 가려워 깨어보니 고양이는 침대에서 내려가고 없는데 내 귀가

벌겋게 부어올라 있었다. 잠시 내가 고양이와의 동거를 계속할 수 있을지 회의가 들 정도였다.

프로이트 등 정신분석학자의 연구에 따르면 인간에게는 무의식 부분이 있어서, 내가 겉으로는 고양이를 엄청 예뻐하는 것처럼 보여도 마음 깊은 곳에서는 그 존재를 싫어하는, 그런 관계도 있을 수 있다고 한다.

내 몸은 자주 마음처럼 움직여주지 않지만, 결국엔 그것도 다 나 자신이라 받아들인다. 좋으나 싫으나 그런 나와 잘 지내는 수밖에 없는 것이다.

서른이 되기 전에 나는 가벼운 우울증을 앓았는데, 그때 건강한 것만큼 편한 게 없다는 걸 체득했다. 좋은 거라기보다 편한 거라는 걸 깨달은 것이다. 건강에는 기준이 없다. 하지만 병이 생기면 괴롭고, 그게 나으면 편안해진다.

평생 병 한 번 앓지 않는 사람은 없으니, 안 아픈 상태와 아픈 상태 사이를 몸과 마음이 왔다 갔다 하는 것이 인생이라 할 수 있을 것이다. 그 과정 중에 절체절명의 순간도, 한숨 돌리는 순간도 있다. 이 책은 그 모든 생의 순간순간을 내 것이라 믿는 나의 나약함을 솔직하게 기록한 것이니 독자들도 그리 받아들여주시면 고맙겠다.

　전쟁 통에 물 한 번 길러 가면서도 목숨을 걸어야 하는 상황이 아닌 게 얼마나 행복한지… 하고 생각하는 날도 많지만, 몸과 마음이라는 쌍두마차의 한쪽 말이 항상 폭주할 기미를 보이고 통제 불가의 상태에 빠지는 경우도 왕왕 있다.

　뭐, 한 사람의 생활자로서는 '좀체 말을 안 듣는 이 마차'를 어떻게든 조절해나가는 것만이 임무라 생각한다. 그것을 조절하는 데 조금이라도 도움이 되길 바라는 마음에서 쓴 글이긴 한데, 남이 쓴 이런 문장 따위 아무 도움이 되지 않는 경우도 허다하다는 사실 역시 깊이 알고 있다.

　　　　　　　　　　　　　　　　소노 아야코

차례

내 몸이 원하는 것을 찾는다

인간에게는 타고난 성질이나 버릇이 있다

나는 TV로도 스포츠는 별로 보지 않는데, 그것은 스포츠 정신이 공명정대한 마음을 기르고 건강을 도모하며 인격을 신장시킨다는 일반적인 생각에 공감하지 않기 때문이다. 한 사람으로서 성장하는 데는 인생 그 자체를 살아내는 것이 가장 도움이 된다.

그렇다고 내가 스포츠를 전면 부정하는 것은 결코 아니다. 스포츠는 보고 있으면 즐겁고, 그 과정에서 친구도 생기며 몸을 움직이는 자연스러운 계기가 된다.

스포츠는 그 몰입도와 난이도에 따라 여러 단계가 있다. 아마추어 스포츠라면 대개 체력을 향상시킨다. 본인의 실력 범위 안에서 자연스럽게 해나가기 때문이다. 하지만 TV에 중계까지 하는 프로 스포츠는 틀림없이 건강을 희생하는 면이 있을 거라 짐작한다.

종목에 따라서는 지나치게 몸을 저체중 상태로 유지하지 않으면 안 되는 것도 있다. 반대로 몸의 한 부위가 극단적으로 발달한다든가, 너무 집중적으로 사용해 중년 이후에 몸에 이상이 나타날 우려도 있다.

스모(일본의 전통적인 씨름) 선수들의 거대한 몸은 결코 우리가 허투루 생각하듯 지방 덩어리가 아니라 거의 근육이라고 들었는데, 그렇다면 건강체일 수도 있겠지만 스모 선수였던 사람이 90, 100살까지 장수했단 말은 들은 적이 없다.

내가 스포츠 관전을 즐기지 않는 것은 선수들이 신체상 희생을 감수하는 모습을 가만히 앉아 구경하는 입장이 되기 때문이다. 스모 선수들의 비대한 몸이 지방이 아니라 근육이라 하더라도 음식물 섭취나 운동으로 무리를 가한 몸이다. 솔직히 오래 사는 것이 무조건 좋다고 생각하는 건 아니지만….

이것이 육체적인 면이다. 그러나 정신적인 면을 보아도 스포츠는 독한 면이 있지 않고서는 상대를 이길 수 없다. 탁구든 마라톤이든 경쟁자의 틈을 노리고 약점을 기회 삼아 승부수를 두지 않으면 승리하기 어렵다.

관전의 즐거움을 제공하는 스포츠에는 승부수가 필요하다는 점은 이해하지만, 참다운 승부수보다 교활함으로 보이는 장면이 많은 것에도 나는 당혹감을 느낀다.

내가 관계하는 집필 분야에는 악착같은 교활함으로 상대를 낙오시켜야 하는 요소란 없다. 작가는 모두 집필하는 내용과 형식이 다르므로 서로 경쟁한다고 해도 상대를 무너뜨릴 필요가 없다. 제각기 서로의 스타일대로 성장하거나 사라진다.

개개인에게는 원래 자신의 선택 의지와 상관없이 타고난 성질이나 버릇이 있으니, 그 본질을 깨달으면 서로 치고받고 경쟁할 일도 없다. 결정적 타이밍 잡기에 능한 사람은 그런대로 인생을 살아가면 된다.

내 몸이 원하는 대로 사는 게 제일 좋다

소설도 쓰기 전에 그 안에 꼭 담을 주제와 세부 구성을 정하지만, 지금도 나는 일단 집필을 시작해보지 않으면 미리 알 수 없는 부분이 있다. 계산하지 못한 부분인데 쓰다보니 예상외로 발전하는 요소가 때로 있다. 소설은 초기 구상과는 다르게 썩 만족스럽지 않더라도 그것이 사람들에게 딱히 해를 입히지는 않기 때문에, 실패하면 실패한 대로 괜찮다.

나는 이따금 일본 국가기관 수재들의 험담을 작품에 써왔지만, 실제로는 그들의 공(功)을 깊이 느끼며 살고 있다. 일본이라는 나라는 그들이 만든 빈틈없는 제도상의 규칙이 매우 잘 기능하는 나라다. 그것이 근대국가의 기본적인 존립 방식이다.

하지만 인간은 일반적 규칙보다 개개인의 체질에 따라 사는 게 좋다고 생각한다. 그만큼 개인에게는 원칙이란 것이 통용되지 않는 경우가 많기 때문이다.

알래스카 등에 사는 이누이트족 사람들은 강치 날고기만 먹고 산다는 것을 전에 어느 책에서 읽었을 때는 놀라웠다. 그들은 강치 고기를 부엌 한구석 추운 곳에 놔두고 배가 고플 때 각자 가서 잘라 먹는다. 식구들이 식탁에 둘러앉아 식사를 하는 관습은 없다고 한다. 알래스카 이누이트족의 생활도 요즘엔 변했을지 모르지만, 그대로라면 그것은 그것대로 흥미롭다.

나는 도쿄의 전형적인 서민 가정에서 자랐지만,

지금과 비교하면 당시 먹었던 일상적인 메뉴는 아주 간단한 것이었다. 그래도 매일 식구들은 접었다 폈다 할 수 있는 다리가 낮은 밥상을 거실에 내놓고 함께 둘러앉아 식사를 했다. 다시 말해서 식사는 가족이 함께 모여 먹는다는 것을 전제로 했다. 식사의 내용보다 함께 먹고 대화하는 시간이었다는 것이 더 소중한 기억으로 남아 있다. 이누이트족처럼 살아가기 위해 음식을 섭취하는 것보다, 식사 때 가족들 간에 이야기를 나누는 것이 더 중요했다.

나는 세상 모든 사람들이 나와 식사 문화가 별반 다르지 않을 거라 생각했는데 반드시 그렇지만도 않았다. 일본에서도 식사는 각자 배가 고플 때 따로 부엌에 들어가 먹는 지방이 있다고 들었다. 나는 약간 놀라긴 했지만 이누이트족의 문화를 들은 후였기 때문에 충격까지는 아니었다.

결론은 각자 자신의 몸에 맞는 생활을 선택하는 게 좋다는 것이다. 늘 뭐라도 일을 하고 있지 않으면 불안해하는 사람도 있고, 반대로 느긋하게 지내다가 가끔 생각난 듯 일을 해도 평생 먹고사는 데 불편이 없는 사람도 있다. 나처럼 오랜 세월 살다보면 전혀 다른 방식으로 사는 다양한 사람들을 두루 볼 수 있어서 재미있다.

홀러넘치는 출처 불명의 건강법에
휘둘리지 않는다

한동안 매일 5킬로미터 달리기, 일일 만보 걷기, 매일 반드시 30종류의 음식물 먹기 등을 건강의 비결이라 생각하고 꾸준히 실행해온 사람들이 화제가 되었는데, 나는 도저히 '매일'이라는 결의가 지속되지 않았다. '오늘은 추우니까 하지 말자' '걷기보다 읽고 쓰기가 먼저' '30가지? 그걸 일일이 세고 있나?' 하면서 지속하지 못할 이유는 얼마든지 있고, 그럼 그냥 하지 말자로 끝난다.

요즘에는 '고령에도 불구하고 매일(궂은 날씨에도) 달리거나 만보 걷기 하는 것은 몸에 좋지 않다' 라든가 '16차라는 차를 마시고 열여섯 종류를 섭취하고 있다' 라는 재밌는 계산법까지 나와, 그와 같은 일종의 신앙은 한때의 유행으로 자취를 감춘 분위기다. 그러나 그 중에는 아직 남아 있는 것도 있다.

이런 말들은 한쪽 귀로 듣고 한쪽 귀로 흘리면 된다. 뭐든 세상에 떠도는 비전문가들의 의학적 지식에 휘둘리지 말아야 한다.

나의 경우 따로 꼭 지키고 있는 건강법은 없지만, 굳이 꼽자면 되도록 '집밥'을 해서 먹고 있다. 남편 임종 이후로 나의 저녁은 자연스레 '혼밥'이 되었으니 케이크와 홍차로 끝내도 되지만, 오랜 습관으로 혼자서도 기회 있을 때마다 식사다운 것을 만들어 먹고 있다.

오늘의 조식은 아침에 도착한 죽순을 살짝 튀기고, 나머지는 조려서 저녁 찬으로 준비해두었다. 나는 판다가 아닌가 싶을 정도로 죽순을 좋아한다. 그래서 그런지 위에 약간 통증이 있다. 80년, 90년을 살아도 인간은 아직도 자기에게 적합한 음식물의 양과 종류조차 스스로 관리하지 못한다.

나는 가끔 내 몸이 내게 먹고 싶은 것을 말해준다고 느낄 때가 있다. 어느 겨울날 아침, 나는 평소라면 별로 좋아하지도 않는 죽에 시금치를 넣어 먹고 싶다는 생각이 자꾸 들었다. 오래전 우리 집에서는 1월 7일이면, 오래된 습관대로 나나쿠사가유(七草粥: 일본에서 1월 7일 아침에 먹는 명절 음식으로, 위를 보호하기 위해 신년 초에 새로 난 7가지 채소의 어린잎을 넣고 끓인 죽)를 만들어 먹었다. 1월 7일 아침 일어나면 어린 나는 우울했다. 나는 쌀죽도 좋아하지 않는데 어린잎들을 넣고 소금으로 간을 한 것이 입에 맞을 리 없었다.

하지만 가만 생각해보면, 옛날 사람들은 종합비타민이란 것도 없었으니 최대한 자연에서 보충하려고 궁리했을 것이다. 한겨울 들판에서 따온 귀중한 들풀을 먹으면 조금이나마 영양소를 보충할 수 있을 거라고, 몸이 알고 있었는지도 모른다.

여름을 타서 식욕이 줄고 몸이 쇠약해지는 것에 효과가 있으니까 "장어 드세요" 하는, 오토모노 야카모치(大伴家持: 일본 나라 시대 말기의 관리이자, 일본에서 가장 오래된 시가집인 《만요슈(萬葉集)》 제4기의 가인(歌人)으로 알려진 사람)의 노래도 그중 하나다.

'염분'은 인체에 없어서는 안 될 물질

나에게 소금은 가장 중요한 식품인데, 현대 일본 사람들에게 소금은 언제나 혈압을 올리는 주범으로 인식되고 있다.

그러나 아프리카에서 지내다보면 땀을 비 오듯 흘리지는 않더라도 하루 종일 땀이 배어 나와 불편을 호소하는 사람이 많다. 염분이 부족하면 두통, 발열, 무기력감 등 감기 걸렸을 때와 비슷한 증상을 보이고, 심하면 구토가 난다.

일반적으로 사람들은 하루 세 끼 식사로 필요한 염분을 취한다. 하지만 피로하거나 여행 중이어서 식사가 불규칙해지면, 하루 섭취하는 염분의 양도 부지불식간에 줄어버린다. 그러면 우선 몸이 나른해지는데, 감기인가 싶어 주스, 물, 사탕 따위만 입에 대게 되고, 그 결과 열이 나고 구역질이 난다.

에티오피아 고원지대에서 맞바람 속에 낙타를 탔을 때 딱 그랬다. 나는 점심으로 캔에 든 감귤을 하나 받았다. 그건 당시 내가 가장 먹고 싶었던 것이기에 미리 부탁해둔 것인데, 나중에 생각해보니 그 결과 나는 거의 염분을 섭취하지 않고 한나절을 보낸 것이었다.

저녁 무렵 나는 심한 메스꺼움을 느꼈다. 밤이 되어 텐트 안에 들어가니 일본에서 공수된 컵라면이 쌓여 있었다.

"저거 좀 먹어도 될까요?" 내가 물었다.

"그럼요, 그럼요. 저건 드실 수 있겠어요?"

하기에 나는 귀한 컵라면을 하나 집어 들었다. 뜨거운 물을 붓고 국물을 한 입 떠먹으니 얼마 안 있어 메슥거리던 구토감은 감쪽같이 사라졌다.

염분 부족은 더운 지방에선 더 위험하다. 일본에서 염분이 부족할 일은 별로 없지만, 아프리카에서 나는 몇 차례 체험했다.

버스를 타고 여행할 때 이따금 동승한 회원에게 짭짤한 다시마 한 조각을 권하는 것은, 자기도 모르는 새 염분 부족에 빠질 가능성이 있기 때문이다. 일본 사람들은 대체로 여행 중간에 서로 물은 권하지만, 소금을 먹자는 말은 하지 않는다. 사람은 하루에 5그램의 염분은 필요하다.

샐러리맨의 샐러리(salary, 월급)라는 단어도 어원은 소금에서 나왔다. 고대 로마병은 소금을 사기 위한 돈을 받았다. 옛날, 바다에서 멀리 떨어진 지역에 사는 사람들은 소금을 구하러 가기 위한 경로를 생각했다. 로마를 관통하는 주된 도로 중 하나는 'Via Salaria'라고 했는데 그것은 '소금의 길'이라는 이름으로, 다시 말해서 바다로 이어지는 길이란 의미였다. 소금의 길은 바로 생명의 길이었다.

나는 근 10년 정도 약간은 소금에 집착해왔다. 외국에 나갔다 올 때마다 기념품으로 소금을 사온다. 값도 싸고 자리도 많이 차지하지 않아 좋다. 그것으로 일본에 돌아가 만든 요리가 간단히 맛을 더한다.

어떤 개발도상국을 가도 그곳의 맛있는 소금이 있다. 주로 시골의 소박한 시장에 가면 살 수 있다. 작은 봉투 하나에 5엔, 10엔짜리도 있다. 약간의 먼지나 불순물이 섞여 있는 경우도 있지만 나는 크게 신경 쓰지 않는다. 현지에서 구하는 소금에는 암염도 있고 바다 소금도 있는데, 왠지 모르지만 조금 달짝지근한 게 맛있다.

소박한 나의 사명을 발견한다

체력의 한계를 알면 겸허해진다

80 하고도 중반이 지나면 처음 만나는 사람에게도 곧잘 "어디 불편하신 데는 없으세요?"라는 질문을 받는다.

그럼 나는 "있고말고요. 이 나이쯤 되면 대부분 그렇지 않을까요?" 하고 대답한다.

몸이 약골인지 튼튼한지는 타고난 체질에 따른 경우가 많다. 감사하게도 나는 부모로부터 건강한 체질을 물려받았다. 우리 부부는 이런저런 사정으로 부모에게 금전적으로는 한 푼도 도움을 받지 못했지만 건강한 육체는 받았다. 그것이 고액의 재산을 상속받은 것보다 얼마나 더 감사한지 모른다.

다만 나는 심한 근시 유전자도 함께 물려받았다. 초등학교 1학년 때 이미 칠판 글씨가 보이지 않았는데, 어릴 때 나는 근시라는 걸 몰라서 왜 나만 칠판 글씨와 지도가 안 보이는지도 모르고 쩔쩔맸는데 옆자리의 짝꿍이 공책을 살짝 보여주어 여러 차례 어려운 상황을 면한 기억이 있다.

물론 시력이 좋은 것이 당연히 사는 데는 편하다. 소설에서는 이야기 속에서 어떤 삶이라도 설정할 수 있지만, 현실의 사람들은 타고난 체질과 후천적 관리에 따라 평생이 좌지우지된다.

그러나 그렇기에 좋다. 인간은 그와 같은 일상적인 일부터 자신의 체력과 지력(知力)의 한계를 알고 그 범위 안에서 어떻게 살아나갈지 정하게 된다. 그리고 자신의 부족함을 앎으로써 겸손해진다.

나 같은 경우 앞서 잠깐 언급한 대로 시력이 좋지 않아 다른 사람의 얼굴을 잘 파악하지 못했기 때문에, 처음 만난 사람에게 "지난번 만나 뵈었지요?" 하고 인사를 하기도 하고, 두 번째 만난 사람에게 "처음 뵙겠습니다." 하고 인사를 해서 본의 아니게 실례를 범한 적도 있다.

그것은 사실 결례이기도 해서 나는 차츰 사람 만나길 피해 혼자 서재에 틀어박힌 생활을 즐기게 되었다. 작가라는 내 직업은 그러한 기질로 인해 시작되었다고도 할 수 있다.

지금 와서 그 선택이 의미 있다고 생각되는 것은, 본인이 할 수 있는 일을 한다는 나의 직업관과 모순되지 않고 자연스럽게 살아가는 길을 택한 것이기 때문이다.

생각해보면 이렇게 특성이 있다는 것은 내 인생을 결정하는 데 축복이라고 할 수도 있다. 음악에도 재능이 있고 스포츠도 만능이며 게다가 수학에 국어까지 잘한다면, 음악가가 될지 변호사가 적합한지 무역회사에 취직해야 할지 고민했을 것이다.

내가 살아가는 데 적합한 길은 단 하나밖에 없다고 생각했기 때문에 나는 고민 없이 선택하고 그 길을 걸어온 것이다.

시력이 안 좋은 것도 자질의 하나

작가가 되기에 얼핏 마이너스 요인으로 보이는 고도 근시가 내 경우 이야기의 깊이를 더하는 경우가 많은 것 같다. 마르셀 프루스트, 호리 다쓰오(堀辰雄: 1904~1953, 일본 소설가), 요시유키 준노스케(吉行淳之介: 1924~1994, 일본 소설가)의 공통점은 셋 다 천식을 앓았다는 점이다. 물론 섣불리 판단할 일은 아니지만, 하나의 질병과 직업의 연관성을 보면 천식이란 병이 문학적 재능을 발견하는 데 영향을 미쳤다고 볼 수 있지 않을까 싶다.

천식은 괴로운 병이라고 한다. 그러니 건강에 유념해야 하는 것은 더 말할 나위가 없지만, 어떠한 병을 문학에서 다룰 때 그 병을 앓은 적이 없는 것보다 그 고통을 겪고 알고 있는 편이 문학에 깊이를 더함은 당연하다. 다만 나 같은 비겁자는 천식으로 고생하느니 문학적 재능을 포기하는 것이 낫다는 쪽으로 생각이 기울기 때문에 섣불리 연관 짓기가 망설여지는 점도 있다. 그래도 소설가로서는 모든 심리를 모르는 것보다는 알고 있는 편이 좋다.

나의 육체적인 재산(비록 그것이 단점으로 보이는 것일지라도)은 다시 말하자면, 시력이 안 좋다는 점이었다. 시력이 안 좋은 것보다는 좋은 편이 당연히 낫지만, 나는 날 때부터 고도 근시였기에 좋고 나쁘고를 따질 게재가 아니었다. 그저 일생 근시로 사는 수밖에 없었다. 그래서 화가는 되지 못했지만, 그 덕분에 시각적인 표현이 아닌 글로 표현하는 작가가 되었다.

여기저기 안 아픈 곳 없지만
그렇다고 죽는 건 아니다

나는 인후통을 자주 겪는데 그것 말고는 대체로 무난하게 여든 가까이 살아왔다. 그런 패턴이 무너진 건 노년기에 들 무렵 쇼그렌 증후군이라는 교원병(膠原病: 피부, 힘줄, 관절 따위의 결합 조직이 변성되어 아교 섬유가 늘어나는 병을 통틀어 이르는 말. 만성 관절 류머티즘, 류머티즘열, 피부 근육염, 피부 경화증, 다발 동맥염 따위가 있다)이 발병했을 때이다. 50대 때 딱 한 번 결절 홍반이라는 이상한 병에 걸린 적이 있다. 그 증상은 며칠 안에 없어졌지만, 그때 이미 교원병의 전조는 있었는지도 모른다. 가끔 미열이 나고 온몸이 쑤시는 증상으로 팔자 편한 사람이 앓는 병처럼 나른한 것 외에는 딱히 심한 증상은 없다. 엑스선 검사에서도 이상이 발견되지 않았을 때 나는 곧장 교원병 전문의를 찾아갔다. 거기서 받은 혈액 검사에서 항핵 항체 수치가 극단적으로 높게 나와 쇼그렌 증후군이라는 진단을 받았다.

"이 병은 약도 없습니다. 의사도 없습니다. 낫지 않겠지만 그렇다고 이것으로 죽지도 않습니다."라는 간단명료한 진단을 받고 나는 차라리 속이 후련

했다. 분명 통증과 불편이 따랐지만, 아무튼 죽지 않는 정도의 병이었다.

만약 일본 어딘가, 행여 왓카나이(稚內: 일본 최북단에 위치한 홋카이도의 도시)라든가 가고시마(鹿兒島: 일본 규슈 남단에 있는 도시) 같은 오지에 사는 명의가 유일한 이 병의 의사라고 한다면 오히려 큰일 아닌가. 내가 사는 곳과 거의 끝에서 끝이라 돈과 시간이 엄청 든다. 그런데 어차피 의사도 없고 낫지도 않는다면, 그건 아무것도 하지 않아도 된다는 뜻 아닐까.

**오늘 하루가 그럭저럭 괜찮은 날이라면,
그것으로 된 것이다**

게다가 최대 장점이라 꼽을 점은 내 인생에 남은 시간(즉 수명)이 이제 그리 길지 않다는 것이다. 그래서 좋든 싫든, 크게 기뻐할 일도 그리 통탄할 일도 없다. 오늘 하루가 무난하게 지나갔다면 그냥 그 정도로 된 것이다.

앞으로도 살날이 많이 남은 사람(즉 젊은이들)이라면 병을 고치는 데 전력을 다할 필요가 있을 것이다. 그러나 인생 중반, 혹은 3분의 2가 넘은 사람이라면 지금껏 살아온 대로 살아도 된다.

젊은 시절 우리 부부는 함께 해외여행을 하는 걸 피했다. 혹시라도 사고가 나 우리가 죽으면 어린 아들은 누구의 보살핌 아래 어떻게 자랄지 깜깜했기 때문이다. 아이가 초등학교를 졸업하기 전까지는 둘 중 한 명이 집에 남기로 했다. 그러다 아들이 혼자서도 어떻게든 생활해나갈 수 있는 나이가 됐다고 판단되었을 때 우리는 함께 여행을 떠났다. 그때 우리 부부는 충분히 자유를 만끽하고 즐거운 시간을 보냈다.

인생은 시간의 릴레이 경주다. 우리는 누구나 예외 없이 죽음을 맞지만 살아 숨 쉬는 순간순간, 인간으로서 완수해야 할 역할이 있다. 우리 부부의 경우 첫 번째가 자식, 그리고 우리 부부가 부양해야 할 세 어른들(시부모와 친정어머니)의 노후를 책임지는 일이었다. 우리는 그들과 함께 살며 봉양하고, 효도하는 일을 다한 것은 아니지만 하루하루를 함께 보냈다. 그게 얼마나 근사한 일이었는지, 지금 이 나이가 되어 나는 곱씹는다.

평범한 하루하루를 함께 살아내며 단순한 대화를 주고받고 그날그날 함께 같은 찬을 나누는 일이 사실 사람을 살리는 기본적인 조건인 것이다. 이런 대단할 것 없는 행위를 가만 보면, 가능한 상황임에도 현실적으로는 함께하지 않는 가족들이 실로 많다.

　사람을 살린다는 것은 물질적 조건을 만족시키고 일상의 구성요소들을 결핍과 왜곡 없이 정돈하는 것만이 아니다. 사람에게는 함께 지낼 상대가 필요하다고 생각한다. 물론 그것이 반드시 혈연일 필요는 없지만.

홀가분하면 심각한 문제도 쉽게 해결된다

불면증도 굳이 없애려 하지 않고 받아들인다

나는 육체적으로는 괜찮았지만 정신적으로는 약한 면이 있었다. 이렇게 말하면 사람들은 나를 '민폐 끼치는' 신경의 소유자라며 비웃을지도 모르겠다.

아무튼 나는 10대 시절부터 불면증이었다. 지금은 나의 모든 약점과 만성질환을 어떻게 다룰지 알기 때문에 이따금씩 겪는 불면증에도 저항하지 않고, 굳이 없애려 하지 않고, 그게 나다 생각하며 살고 있다. 매일 밤 복용해도 무리가 없는 수면유도제를 처방받아 먹고 있기 때문에, 불면증이 있다고 그렇게 고생스러운 것도 아니다. 어쨌든 나는 정신적으로 매우 건강하다고는 할 수 없지만, 병적으로 예민

한 성격이 많은 작가치고는 그런대로 별 탈 없이 지내왔다.

그러나 30대 후반에는 수면제 중독이 될 뻔한 시기가 있었다. 나는 전문가가 아니라서 당시 '세상 사람들의 수면제 사용 실태'에 대해 정확히 기술할 수는 없지만, 불면증으로 고민하는 사람들 중에는 'OO약이라면 일반 약국에서도 판다' 따위의 정보에 밝은 사람도 있었고, 수면제와 신경안정제 두 종류의 약을 함께 복용하면 효과적이다 등등 박식한 사람도 있었다. 그런 쪽의 약은 술과 함께 먹으면 효과를 더 확실히 볼 수 있다며 매일 밤 알코올과 더불어 즐기는 사람도 있다고 들었다.

이름까지 언급하기는 좀 그렇지만, 작가 중에도 꼭 자살을 목적으로 복용한 것은 아닐지라도 사인이 수면제 중독으로 추정되는 사람도 있었다. 내 개인적인 감각으로는 그런 사람들은 학교의 수재 타입과는 달리, 모두 마음이 온화하고 인생을 받아들이는 데 여유가 있어 가능하다면 평생 친구로 지내고 싶은 사람들이었다.

내가 불면증을 갖게 된 이유는 소설에 대해서만 골몰했기 때문이다. 일을 열심히 한다는 건전한 태도가 아니라, 한번 일을 잡으면 다른 것을 생각하지 못한다. 그것이 이유라고 하면 고개를 갸웃하겠지만, 내가 단편의 소재와 줄거리를 떠올리는 것은 거의 매번 소설에 집중하고 있지 않을 때였다. 예를 들어 요리를 할 때라든가, 역에서 전철을 기다리고 섰을 때라든가, 다른 이와 통화를 하다 끊은 직후였다. 그 바람직하지 못한 버릇을 어떻게 고쳤냐 하면, 1968년 이른 봄 우연히 남편을 따라 석 달 동안 미국에 체류하게 된 것이 계기가 되었다.

심리적 동요는 누구에게나 일어난다

우리 부부는 아이오와주의 한 시골 마을 어두침침한 모텔의 한 동을 빌려 살기 시작했다. 나는 그전에도 히치콕의 추리 영화를 많이 보았는데, 그의 영화에는 값싼 모텔 방이 자주 등장하고 거기서 살인 사건이 일어난다. 우리가 거처로 정한 모텔의 별동이 바로 그 영화의 한 장면에 나온 모텔과 똑같았다. 지하로 이어지는 계단도 있었는데, 나는 괜히 꺼림칙해서 그 계단에는 한 번도 내려선 적이 없다.

부엌에는 프라이팬과 냄비들이 구비되어 있었다. 나는 어느 정도 요리를 할 줄 알았기 때문에 거의 매일 저녁을 지어 먹었다. 같은 대학에서 알게 된 일본인 시인이 "돈가스가 먹고 싶다."라고 했을 때 나는 그 자리에서 친절하게 만들어주마 하지는 않았다.

사실 그의 말을 듣고 "돈가스라면 역 앞 식당(마을에 유일한, 저렴한 식당)에 가면 먹을 수 있을 거예요." 했더니, 그 시인은 "달라요. 그건 그냥 커틀릿이지요. 돈가스와는 다른 거잖아요." 하는 것이었다. 그 말을 들으니 역시 맛이 다르구나, 일본식 돈가스를 만들어야 하나, 하는 생각이 들었다.

그래서 나는 식빵을 사와 건조시킨 후 강판으로 빵가루를 만드는 것부터 시작해 일본식 돈가스를 만들었다. 그에게 친절을 베풀려 한 것이 아니라 미국에서 일본식 돈가스를 만드는 게 재미있었다.

이런 생활이 나에게는 심리적 동요를 가라앉히는 데 효과가 있었다고 생각한다. 그 후 나는 낡은 모텔 부엌에 딱 하나 있던 사방 1미터 정도의 식탁 위에 원고지를 펼치고 장편의 첫 장을 쓰기 시작했다. 그것밖에 할 일이 없었기 때문이다.

그것을 보고 남편은, 내가 오랫동안 선인장 가시처럼 뾰족했던 생활에서 빠져나온 것 같았다고, 훗날 말해주었다.

누구나 다양한 이유로 인해 심리적 동요를 겪을 수 있다. 비교적 가볍게 지나가는 경우도 있지만, 그렇게 된 이유를 본인이 자각하지 못하면 그 심리적

동요는 더 이상 일시적 동요가 아니라 일상이 되어
버리는 경우도 있다.

나이 들수록 홀가분하게 사는 게 좋다

최근 들어 내가 경험한 생활상의 변화는, 물론 그
건 누구나 겪게 될 일이지만, 남편을 여읜 것이다. 그
는 오랫동안 앓지도 않았다. 임종을 앞두고 고통에
겨워하지도 않았다. 주위 사람들 모두 내게 힘이 되
어주었다.

그리하여 그는 그의 마지막 일 년 하고 한 달여 기
간을 그가 원하던 대로 집에서 지내다 갔다. 91세 생
일이 며칠 지나고 의식이 없어진 후 거의 1주일 동안
만 병원 신세를 졌다.

입원 당시 그의 폐는 폐렴으로 이미 회복 불능 상
태였기에 적극적인 치료는 하지 않고 그저 환자가
힘들지 않도록 하는 처치만 받았다.

나는 성당 신부님에게 집에서 장례미사를 올려주
십사 부탁드렸고 그렇게 했다. 따라서 넓은 장례식
장을 빌릴 필요도, 많은 분들을 접대하기 위한 화려
한 장식을 할 필요도 없었다. 그것이 나와 남편이 바
라던 바였다. 남편은 생전에 죽은 사람이 산 사람의
생활을 방해해선 안 된다고 여러 차례 말했었다.

나는 일반적인 장례식을 치른 미망인처럼 피곤에 지치지 않았을 거라 생각했다. 그런데 남편 사후 넉 달이 지나도 나는 아무리 잠을 자도 계속 누워 자고 싶은 상태가 지속됐다.

우리 부부는 63년 가까이 함께했다. 거의 모든 이야기를 나누었다고 생각한다. 그래서 그가 마지막 입원했을 때 응급실 호흡기 내과의가 "얼마 지나면 아예 대화를 할 수 없게 될 것 같은데 하실 이야기가 있으면 미리 해두시지요." 했을 때 나는 실소했다. 그러고 나서 덧붙였다. "우린 60년 넘게 이야기를 해왔기 때문에 지금 새삼 할 이야기는 없습니다."

신변을 가볍게 한다는 것은 어느 때건 간에 중요하다고 생각한다. 이 경우 남편과 나 사이에 홀가분한 관계라는 것은, 모든 것을 이야기하고 빠짐없이 경청하고 빚도 돈더미도 남기지 않는 그런 것이었던 것 같다. 어찌 보면 당연하다 싶은 단순한 이 상태가 '홀가분하게 산 인생'인 것이다.

나는 몸을 써 움직이는 체육 활동을 뭐 하나 체험하지 않고 중년을 맞았다. 그리고 쉰셋이 되었을 때 친구들과 사하라사막을 종단하는 여행을 했다.

진짜 목적은 자동차로 1380킬로미터, 물과 연료의 보충 없이 사막의 최심층부를 통과하는 것이었는데, 그 전에 북부의 바위덩이만 있는 황야를 하루에 20킬로미터씩 걸어 오래된 동굴에 남아 있는 벽화를 보러 갈 계획도 있었다. 차로 가면 좋겠다는 사람도 있었지만 그 주변은 자동차도로도 없었다.

나는 동행자에게 "걸어갈 수 있을 거"라고 약속하고 출발했다. 최대한 배낭은 가볍게 했다. 그럼에도 5킬로미터 정도를 걸으니 등에 맨 짐의 무게가 느껴지기 시작했다.

동행자 중 한 명이 대학 시절 탐험부에서 활동했던, 체력이 되는 사람이었다. 그가 나의 가방을 본인 배낭 안에 넣어주어 나는 빈 몸이 되었다. 그러자 이내 발걸음이 가벼워져서, 나로서는 진기한 체험이었지만 20킬로미터를 그럭저럭 걸을 수 있었다.

많은 사람들의 체력이란 것이 나와 크게 다르지 않다. 그래서 무거운 것을 지니고서는 긴 인생길을 걸어나갈 수 없다.

간혹 중년의 고개 중턱에 오면 갑자기 "악어가죽 백은 당최 들고 다닐 수가 없다."라고 하는 여성들이 있다. 보기에 근사하고 튼튼하지만 악어가죽은 무겁다. 그럴 땐 헝겊이나 비닐로 만든 가방처럼 가볍고 핸드백의 목적을 다하는 걸 들면 된다.

인생은 포장도로도 없는 사하라의 북부 사막보다

훨씬 더 지루하고 길다. 우리는 이유 여하를 막론하고 그 길을 완주해야만 한다. 그러니 자신의 신변과 신상을 홀가분하게 하는 것이 최선이라는 점을 나도 고령이 된 후에야 실감했다.

소유물이 늘어나는 것은
살아 있다는 증거이긴 하지만

많은 사람들이 식욕 때문에 음식을 과하게 먹는다. 그 결과 살이 찐다. 나도 예순이 되었을 때 4, 50대에 비해 확실히 15킬로그램은 더 쪘다. 지금은 원 상태로 돌아갔지만, 그것은 나이 먹어 자연스레 식욕이 줄었기 때문이다.

그러나 비만보다 두려운 것은, 우리가 청춘에서 중년을 거쳐 마음처럼 움직이지 못하는 노년기에 도달한 후엔 인생 종착지밖에 남지 않는다는 점을 망각하고 생활의 짐을 늘리는 것을 두려워하지 않는다는 점이다.

어쩌면 당연한 일이다. 나도 어릴 적 외동딸이었기 때문에 부모님이 하나(雛) 도구(딸의 건강한 성장을 기원하기 위한 여자아이용 인형과 벚꽃이나 복숭아꽃으로 주위를 꾸민 장식품)를 사주었다. 아버지는 약간 뭔가에 집착하는 성향이 있었기 때문에 인형뿐만 아니라 칠기로 만든 장식품들을 조금씩 사모아 일종의 인형의 집을 만들었다.

그것은 최근 들어 만들 사람도 없어진 장인급 공예품이기 때문에 나는 소중히 보관하고 있기는 한데, 10여 년이나 거실이 아닌 작은 골방에 있다. 이제는 사람들이 하나 같은 것을 집에 장식하지 않는다. 젊은 사람들에겐 그보다 더 재미있는 것들이 많다.

나는 운동에 재능이 없었기 때문에 골프나 스키는 물론 테니스도 치지 않았다. 그 덕분에 더 이상 사용하지 않는 골프용품, 낡은 스키, 라켓 등이 집 안에 방치되어 자리를 차지하는 일도 없다. 나의 취향이 집 안의 여백을 늘리는 데 한몫한 셈이다.

나를 포함해 다양한 인간 군상들을 보고 있자면, 운 좋게 순조로운 인생을 보낸 사람은 다들 비슷한 구매나 수집 패턴을 보인다. 우리 세대에는 3, 40대 때 기모노를 입게 된다. 20대 때보다 조금 살이 붙으면 전통의상을 입는 게 결점을 감출 수 있다는 걸 알기 때문이다.

나는 기모노 대신 식기류에 집착했다. 골동품은 아니고, 구식 도구들인데 메이지, 다이쇼, 쇼와 초기의 것들은 현대 도기에는 없는 매력이 있다. 그런 이유로 조금씩 그런 것들을 사 모았다. 그리고 매일 그 자기에 음식을 담아 먹었다. 방어무조림이나 감자조림도 약간 낡은 자기에 담아 식탁에 내면, 입뿐만 아니라 눈도 호사한다.

때마다 운도 따라주고 성실히 일한 덕에 부지런히 돈을 모은 사람들은 보통 60대에 해변가나 전원에 별장을 마련한다. 나는 젊을 때부터 동남아시아의 더운 기후에 매료되었다. 그래서 나 역시 싱가포르에서는 보기 드문, 나무가 울창한 곳에 아파트를 구입해 약 20년간 잘 사용했다. 그리고 그곳까지 왔다 갔다 할 체력이 떨어진 80대 초에 아파트를 팔았다.

70대부터 80대에 인생의 고비가 찾아온다. 인생의 오르막길을 끝까지 지나오느라 숨이 턱에 찬다. 그렇게 되면 그즈음에서 인간은 하산할 계획을 세운다. 나도 그랬다.

별장을 산 덕에 나는 싱가포르에서 동서양 사람들이 함께하는 체험도 했고, 그 김에 영어책도 좀 읽었다. 좋은 공부가 되었다. 물론 좋은 추억들이 가득했지만 나는 그 아파트를 다른 이에게 넘길 때 아쉽다는 생각은 하지 않았다. 충분히 그 집에서 많은 것을 경험하고 만끽했기에 내려놓을 때가 됐다고 생각했기 때문이다.

여행을 가면 보통 중간중간 짐이 늘어난다. 기념품 가게에 들르거나 갑자기 추워졌다며 스웨터를 사야 할 경우도 생긴다. 인생이란 여행길도 비슷하다. 그것도 어쩔 수 없다. 그게 사람 사는 거니까. 하지만 그럼에도 너무 짐을 늘리는 것은 좋지 않다.

사람은 중년에 살이 찌고 노년에 마른다

여성은 누구나 날씬해지고 싶어 한다. 그러나 내가 본 많은 경우는 중년에 살이 찌고 그 시기를 지나 노년이 되면 마른다. 내 나이 정도 되어 몸 상태가 살짝 안 좋아지면 당장 식사량이 준다. 그래서 몸에 살집이 좀 붙어 있을 필요도 있다고 우리끼리는 말한다.

적어도 나보다는 의학 지식을 많이 갖춘 사람한테 들은 말인데, 일반적으로 내과적 수술을 하면 15킬로그램은 체중이 준다고 한다. 그런 수술을 받더라도 몸무게가 40킬로그램 이하로 내려가지 않는 게 좋다. 그 말은 평소에 55킬로그램 정도는 유지하는 게 좋다는 말이 된다. 그렇지 않으면 수술도 못하고 앓다 갈 수도 있다. 그러니 적정한 체중 유지는 일종의 보험이다.

살다보면 체중이 늘기도 하고 줄기도 하기 마련이다. 통장 잔액도 일정한 범위에서 늘었다 줄었다 하는 게 건전하다. 하지만 그 경우에도, 그러니까 돈도 너무 많지 않은 편이 건전하다고 나는 생각한다.

너무 마른 것도 너무 찐 것도 안 좋다는 건 체중뿐만 아니라 돈에도 해당된다. 그래도 빠졌다 불었다, 적당히 변동이 있는 것 또한 건전한 인생의 한 면이라 할 수 있다.

몸이란 마음대로 컨트롤되지 않는다

혈압을 억지로 올리거나 내리지 않고
잘 지내는 방법

우리는 아는 이들과 만났다 헤어질 때 "건강히 잘
지내." 하고 깊은 생각 없이 말하지만, 그 말은 사실
실천하기 꽤 어려운 내용을 품고 있다. 물론 상대의
건강을 바라는 마음이 있다는 것이 전제다. 그리고
그 배후에는 상대의 건강을 지키는 방법은 '본인'이
가장 잘 알고 있을 것이라는 존경과 믿음이 있다고
볼 수 있다.

어느 날 아는 작가의 집에 저녁 7시쯤 들렀다. 내
가 찾아간 사람은 사실 그 작가분이 아니라 그분의
아내였다. 하지만 내가 그 부부의 일과를 세세히 알

고 있었던 것은 아니었다. 저녁 7시라는 시간은 그래도 내 나름대로 시간을 골라 간 것이었다.

저녁 7시까지 글을 쓰고 그것으로 그날의 일은 끝. 그다음은 긴자의 바에서 술 한잔하는 작가들이 많았던 시대다. 그 댁에서는 저녁 몇 시까지 일을 하시는지 확인을 하지는 않았지만, 7시 정도면 대충 일을 마치겠다 싶어 들렀더니 두 분은 식사 중이었다. 그 식사는 굳이 말하자면 두 분의 조식이라고 들었다.

그러니까 그 작가는 밤새 글을 쓰기 때문에 완전히 낮과 밤이 뒤바뀐 생활을 하고 있었던 것이다. 두 분은 조금 전에 일어나 식사가 끝나면 일을 시작한다고 했다. 작가인 남편이 구술하면 부인이 받아 적는 역할을 한단다.

나는 그 말을 듣자마자 서둘러 용건을 끝내고 부랴부랴 그 집을 나섰다. 솔직히 나처럼 평범한 생활을 하는 소설가가 작가 세계에서는 드물다는 것을 그때 새삼 실감했다.

나는 보통 아침 8시에 일을 시작한다. 서두를 필요가 있을 경우에는 4시에 일어나 5시에는 책상 앞에 앉는다. 나는 아침형 인간이다. 그러나 이러한 생활 방식은 농업이나 상업에는 적합하지만 이런 패턴을 가진 작가는 많지 않은 것 같다.

학창 시절부터 몸에 밴 이런 패턴에서 나는 아직 벗어나지 못하고 있지만, 공부든 놀이든 야행성인 사람이 많았다. 하지만 나는 시험 전날에도 저녁 8시부터 잤다. 그 대신 새벽 3시에 일어나 그날 시험을 준비했다. 말 그대로 '당일치기' 공부였다.

사실 나는 저혈압이다. 일반적으로 저혈압인 사람들은 아침에 약하다고 들었다. 그러나 그 통설도 내 경우에는 해당하지 않는다.

처음엔 저혈압을 고치려고 했다. 아침에 목욕을 하거나 인삼을 먹어보기도 했지만 혈압은 오르지 않았다. 아침부터는 아니었지만, 술도 마셔보았다. "아침잠 아침 술 아침 목욕을 너무 좋아한다."라고 한 오하라 쇼스케(小原庄助: 일본 민요에 등장하는 인물로 "아침잠 아침 술 아침 목욕을 너무 좋아한다, 그래서 내 신세 망쳤다…"라고 노래함)도 나처럼 사회생활에 지장을 줄 정도로 저혈압이었을까 하고 짐작했다. 그 사람도 필사적이었던 것이다. 하지만 이런 '임시방편'은 별로 효과가 없었다. 목욕도 술도 일시적으로는 혈압을 올리나 금세 뚝 떨어진다. 그 반동으로 오는 증상이 더 클 때도 있다.

쇼와(昭和) 천황의 임종 무렵 최고혈압이 100 이

하로 떨어졌고 그것이 신문에 보도될 때마다 국민들은 걱정했다. 그러나 궁내 홍보처가 발표한 천황의 혈압 수치를 보니 거의 나와 같아서 '폐하도 괜찮을 거야. 나도 이렇게 살고 있잖아.' 하고 생각했다.

그런데 내 최고혈압이 100 이하가 됐을 때 나는 늘 잠이 와서 참을 수 없었다. 걸어가면서도 너무 졸려서 이러다 잠드는 건 아닌가 싶기도 했다.

내가 자꾸 '졸리다' 고 하면서 거실 바닥에 곧 쓰러질 것 같으면 남편은 '기왕 잘 거 2층 침실에 가서 자라' 고 했는데, 그래도 내 반응이 시원찮으면 하는 수 없이 긴자에 데리고 갔다. 딱히 뭔가를 하는 것도 아니다. 어떻게든 걸어서 혈압을 올리지 않으면 덮쳐오는 수마에 꼼짝없이 먹히고 말기 때문이다.

긴자에 가서 꼭 쇼핑을 하고 싶은 것도 아니고, 어디에서 뭘 꼭 먹고 싶은 것도 아니다. 그런 의욕은 진작에 없다. 단지 잠들지 않고 한나절 걷기 위해서 인데, 주택가 주변을 걸어봤자 지루하니 좀 번잡하고 눈길 끌 만한 곳을 정한 것이 긴자였던 것이다.

마음이 원해도 몸이 따라주지 않을 때가 있다

앞서도 이야기한 것 같은데, 나는 결코 편식하는 사람도 아니고 다이어트 같은 건 해본 적도 없다. 먹는 것을 좋아해 다이어트 같은 건 아무래도 나와 맞지 않는다. 그런 까닭에 영양 상태는 오히려 나쁘지 않았다. 체중이 가장 많이 나갔을 때가 키 165센티에 61킬로그램이었다.

참고로 만인의 연인 마릴린 먼로는 최고 전성기 때 나와 거의 비슷한 신체 사이즈였다. 먼로의 이러한 신체 정보는 그녀의 생전에는 공개되지 않았는지, 나는 그녀가 죽은 후 알게 되었다.

먼로의 키와 몸무게가 나와 일치한다는 것을 알고 나는 내 주변 남자들이 내게 학을 떼게 만들 좋은 데이터라고 생각했다. 그들이 모인 자리에서 내가 슬쩍 그 사실을 입에 올렸더니, 아니나 다를까 남자들은 말도 안 된다는 눈빛으로 나를 쳐다보곤 진저리치는 표정을 지었다. 몸무게가 같아도 비율이 문제라는 건데, 어쨌든 나는 알면서도 시치미를 뚝 떼고 그들을 골탕 먹이는 게 깨소금 맛이었다.

생각해보면 나는 천식이나 당뇨도 없고, 심한 알레르기도 없다. 내 소화기관은 식사 내용이 좀 부실해도 식재료가 청결하지 않아도 어느 정도는 견딜 수 있고, 생활력도 있다. 그리고 나는 호화로운 것보다 하루하루 소박하게 생활하는 것이 마음 편하고 뿌듯했다. 그것이 살아가는 데는 한 수 위 기술이기 때문이다.

그러나 인간이 정신과 육체라는 두 요소에 지배받으며 산다는 것을 자각하고 그것을 적절히 분리해 사는 일은, 그리 쉬운 게 아니다. 신은 인간에게 그와 같은 복잡한 과제를 안김으로써 인간이 동물처럼 단순하게 살지 않고, 짐승들은 할 수 없는 자기관리를 하도록 명령했다고 생각하는 게 마음이 편하다.

왜냐하면 궁극적으로는 정신의 지배가 인간의 능력을 최대치로 활용하도록 한다고 나는 생각하는데, 이 두 요소는 각각 그 지배 영역을 넓히고자 해서 많은 경우 우스운 대립을 보이곤 한다. 그 갈등을 조절할 필요가 있다는 말이다.

정신력만 있으면 육체를 무한대로 쓸 수 있다는 뜻은 아니나, 정신력이 따르지 않는 육체는 적절히 사용할 수 없다. 흔히 죽을 각오로 덤비면 불구덩이 속에서도 괴력이 나온다고 한다. 불길 속에 남아 있는 가족을 봤을 땐 평소에는 엄두도 못 냈던 힘과 용기가 솟아난다고…. 위기감도 마찬가지다. 이 상황에 남겨지면 죽는다는 예감이 들면 녹초가 된 몸을 어떻게든 움직여 죽음을 피한다는 이야기도 곧잘 든다. 그러나 아무리 마음이 명령해도 몸이 더 이상 움직여주지 않는 상황도 반드시 만난다.

정신과 육체 중 어느 쪽이 나를 나답게 살게 하는지 나는 아직도 흥미롭게 정답을 찾는 중이다.

'마법의 스위치'를 눌러 변신

내가 지금까지 살면서 체력과 기력을 미리 안배해가며 일한 적은 딱 두 번 있다.

한 번은 10대 초 공장 노동에 동원되어 여공으로 일했을 때다. 당시 열세 살이었던 여자아이가 공장에 잡혀 있던 시간은 하루 꼬박 12시간이었다. 요즘 같으면 생각할 수도 없는 장시간 노동이었다. 그때 나는 하루의 절반을 별개의 인격체가 되어 일하면 된다고 생각했다. 그게 가능한지 불가능한지의 여부는 둘째 치고 그것이 내가 처한 새로운 입장이었다.

그 후로 긴 세월이 지나 나는 예순넷에 비영리단체의 무급 회장으로 일하게 되었다. 나는 그동안 책상 하나, 연필 한 자루만 있으면 어디서든 할 수 있는, 혼자만의 '작가라는 가내공업' 체험밖에 없는 사람이었다.

그러나 시내에 위치한 사무실에서 주 3일 내지 4일을 아침 9시 반부터 저녁 5, 6시까지 근무하게 된 것이다. 처음에는 일주일에 하루 정도라 생각했는데 결과적으로는 그 정도 출근으로는 일이 끝나지 않아, 결국 주 3일 정도는 출근하게 됐다.

그것도 대부분의 일이란 것이 대인관계였다. 직장에서는 직원들과 방문객들을 만나고, 서류에 사인을 하고, 회의에 참석한다. 그러니까 기본적으로 모든 일들이 사람을 대하는 것이었다.

그런 하루하루를 보내면서 나는 출근하는 날 아침에는 반드시 치르는 나만의 비밀 의식이 있었다. 그것은 나의 머리카락으로 가려진 부위에 스위치가 하나 있는데, 평소에는 '혼자 하는 일' 모드로 되어 있는 것을 '사회적 일' 모드로 변환하는 것이다. 그러니까 그것이 정반대의 기능을 지시하는 마법의 스위치였던 것이다.

나는 출근 도중 차 안에서 그날 일정을 생각하고 10시간 내지 12시간 '접객' 모드로 스위치를 돌려놓는다. 그리고 퇴근길에 다시 평소의 '혼자 하는 일' 모드로 바꾼다.

사람을 많이 대하는 일이란 내 원래 성격으로 보자면 지극히 부자연스러운 것이었지만, 시간이 정해져 있다면 나는 어떻게든 해낼 수 있을 것 같았다. 그 시간 동안만 나 자신을 변신시키면 되는 것이다.

몸과 마음은 예상을 뒤엎기 때문에 재미있다

정신이 육체적 결함을 완전히 보완할 수 있다는 것도 사실은 아니다. 나는 장시간 원고를 쓸 때, 마감이 임박해 서둘러 써야 하는 처지가 된 것은 나의 잘못이니 그로 인해 원고의 완성도가 떨어져서는 안 된다고 스스로 경계하는 버릇도 있었다.

다행히 컴퓨터란 기계는 몇 차례의 망설임과 고뇌의 흔적을 깨끗이 없애주니, 적어도 완성했을 때는 나의 숨 가쁨도 눈에 띄지 않도록 차분한 문장으로 완성시켜주지만 내 눈엔 흔들림이 보인다.

몇 번을 되풀이해 읽어도 조율되고 통제된 문장에 이르지 못하는 경우도 있다. 그것을 알면서도 나는 읽고 또 읽는다. 밤을 꼬박 새워 읽고 다음 날 아침 원고를 다시 본다. 나는 아침형 인간이기 때문에 오전 중에 뇌의 활동이 활발하다고 믿는다.

실제로 전날 밤 못 보고 놓친 부분이 아침에 보이는 경우도 있지만, 그 와중에도 '사실 뭐 인생이나 작품이나 어딘가 실수나 삐딱한 점이 있는 게 더 재미있잖아.' 하는 생각이 들면서 나라는 인간은 참 처치 곤란한 스타일이구나 싶다.

우리가 보름달을 그린다고 해보자. 달의 크기도 영향이 있겠지만 그 모양새는 완전하지 않은 게 더

정겹다. 컴퍼스를 이용해 기하학적으로 완전한 원을 그리면 깔끔하지만, 아무 정취도 맛도 없는 동그라미가 될 뿐이다. 내공 있는 일본 화가는 묵을 묻혀 단번에 그리는데, 그것은 귤로도 둥근 찹쌀떡으로도 보이는 어딘가 이지러진 구석이 있는 달이다. 그래도 그것이 더 풍성함을 품은 달로 보인다.

예쁘게 그리려 해도 내가 그린 보름달이 찌그러진 찹쌀떡으로 보이는 것은 내 솜씨에 한계가 있기 때문이지만, 보기에 따라서는 풋내기의 그림도 서툴면 서툰 대로 그 느낌이 드러나는 게 좋지 않을까 싶다. 거기에 그린 이의 정서가 묻어나기 때문이다.

자신을 줄곧 질타하고 격려해주지 않으면, 자신이 가진 능력을 충분히 활용하지 못하는 경우가 많다. 그러나 끊임없이 자신에게 이래라저래라 했을 때 반드시 자기 능력을 백 퍼센트 활용할 거라 생각하는 것도 오산이다.

전쟁에는 반드시 사전에 '작전'이라는 게 필요하다. 적이 있기 때문에 자기 생각대로 모든 일이 진행되지는 않겠지만, 일단 다음 차례 혹은 다음 날 어떤 방식으로 싸울지 시나리오를 만든다. 그것이 정신과 육체의 사용법이다. 하지만 늘 상황은 예상하지 못한 변수와 맞닥뜨리게 된다. 그것이 인생이다.

그러나 그런 계산 착오를 맛보는 것 또한 인생이 다.

변화를 자연스럽게 받아들인다

가족에 '결원'이 생긴다는 것

긴 세월 나는 가족과 함께 살았다. 외동딸이었기 때문에 어릴 적엔 부모님과, 결혼한 다음부터는 남편과 외아들과 살았다. 식구 수는 적었지만 나는 늘 누군가와 함께였다.

나의 유년 시절은 동화 속에 나오는 것처럼 따뜻하고 단란한 분위기가 아니었다. 아버지는 까다로운 성격이어서 어머니는 나를 데리고 자살을 생각한 적도 있다. 아버지는 사회적으로는 선량한 사람이었지만 남의 허튼 짓과 실수를 용납하지 않았다. 밖에서는 긍정적이고 원만한 '신사'였으며 지나친 주벽, 여자 문제, 낭비 따위와는 거리가 먼 사람이었기 때문에 어머니가 집에서 불행하게 지냈다는 것을 남들은 상상도 못했을 것이다.

어머니는 예순이 넘어서야 바라던 이혼을 하고 83세까지 우리 부부와 살았다. 소설에 전념하느라 '주부'로서의 일을 다 챙기지 못하는 나를 대신해, 70 언저리까지는 집 안 살림 대부분을 봐주었고 육아도 맡아주었다.

다른 집들과 살짝 모양새는 달랐어도 우리 집은 나름대로 자연스러운 가족이었다. 나는 친정어머니와는 이따금 말다툼도 했지만 어머니를 노인요양센터에 보낼 생각은 해본 적이 없다. 어머니는 나 말고 다른 사람과는 살아본 적이 없었다.

자식들의 진학이나 유학, 결혼 등으로 다른 집들이 변화를 맞을 즈음, 우리도 아들이 대학 진학을 계기로 집을 떠났다.

나는 남편으로부터 '외아들이라고 엄마가 매사에 아들 아들 노래만 하면 큰일'이라는 말을 숱하게 들었기 때문에 아들에게 집착하는 엄마가 되지 않는 것을 철칙으로 삼고 살았다. 다시 말해서 아들이 성인이 되면 부모라는 존재(속박)로부터 놓아주는 것이 무엇보다 중요한 의무라고 생각했다.

전부터 늘 마음을 먹고 있었기 때문에 이 하나의

인생 전환기는 무리 없이 진행됐다. 나고야시에서 좀 떨어진 하숙집에 아들을 두고 올 때, 내가 "전화 연결이 좀 늦어졌네." 했더니 그는 "그 정도는 나 혼자서도 할 수 있어." 하고 무뚝뚝하게 대답했다. 그 말을 듣고 아, 그렇구나, 이젠 어엿한 사람 구실 하는 어른이 됐구나 싶어 속으로 한 번 더 '과잉보호와 간섭'은 삼가자고 마음먹었다.

성서는 어린아이의 성장과 독립에 대해 다음과 같은 원칙을 간결하게 말하고 있다.

"그러므로 남자는 아버지와 어머니를 떠나 아내와 결합하여, 둘이 한 몸이 된다."(창세기 2,24)

부모와 자식은 이러한 결말이 되는 게 정상이다. 그러나 현대 도시 생활 속에서는 이미 옛날 원칙대로 굴러가지 않는 일이 많기 때문에 반드시 이 원칙이 지켜지는 것도 아니다.

요즘 아들들은 취직해 충분히 돈을 버는데도 식사와 빨래까지 다 해주는 편리한 부모의 집에 눌러살며 자립할 생각을 하지 않고, 딸들 역시 월급을 받으면서도 부모의 집에 살며 버는 족족 자신의 필요에 지출한다. 그러니 독립하고자 하는 의지가 없다.

남편이 건강했을 때도 나는 혼자 지내는 밤이 자주 있었다. 남편이 외출하고 없는 밤이나 나 혼자 별장에 가 있을 때가 그랬다. 남편은 도회지의 삶을 좋아했지만 나는 늘 인후통을 달고 살았기 때문에 해안가의 깨끗한 공기를 원했다. 그래서 나는 가끔 남편을 도시에 남겨두고 혼자 바닷가 별장에 가 지냈다.

하지만 어떤 이가 거기에 없다는 것은 그 사람이 이 세상에 없다고 인식하는 것과는 완전히 별개다. 남편이 죽었을 때 나는 비로소 가족이 '빠졌다'는 것을 실감했다. 배우자와 사별한 후 이따금 상대가 지금 곁에 없을 뿐 당장이라도 현관문을 열고 들어올 것 같다는 사람이 있는데, 나는 그런 생각을 해본 적이 없다. 보이는 곳에 그 사람이 있고 없음의 문제가 아니다. 존재감의 완전한 상실이다. 나는 그 상실감에 좀체 익숙해질 수가 없었다.

**생활의 변화를 받아들였는지는
식사를 보면 알 수 있다**

어머니는 내가 어릴 때부터 가정교육을 엄하게 시켰다.

여자아이라고 해서 '무섭다'든가 '외롭다'며 징징대는 건 용납되지 않았다. 초등학교 5학년인 나에게 산속에 있는 오두막에서 혼자 하룻밤 묵으면서

탄을 피워 밥을 지어 먹고 심부름 시킨 것을 들고 오라고 한 적도 있다. 나는 불 피우기도, 가마솥에 밥을 짓는 것도 할 수 있었다. 하기야 당시엔 편의점 같은 것도 없으니 스스로 지어 먹을 수밖에 없었다. 그보다 힘든 일은 혼자 밤을 지새워야 한다는 것과 빈집 곳곳에 죽어 있는 벌레들의 시체였다. 신문지로 집어 치우지 않으면 화장실을 사용할 수도 없었다.

나는 유령을 믿은 적이 없다. 중년이 넘어서 인도에 있는 수도원에 묵었을 때, "이 건물 옆이 묘지였기 때문에 이 일대는 밤에 유령이 나온다는 소문이 있지요."라는 말을 들었다. 하지만 인도에서 유령을 만난다면 나는 글 쓰는 사람으로서 횡재한 기분이 들었을 것이다. 밤새 유령과 수다를 떨며 그이가 어쩌다 유령이 되었는지 이야기를 들어줄 요량이었다.

아무튼 나의 어머니는 나를 원만한 환경이 아니면 살 수 없는 나약한 아이로 키우지 않았다. 어떤 환경의 변화에서나 살아갈 수 있도록 밑바탕을 다져 놓았다고 할 수 있다.

여기서 말한 '생활의 변화' 안에는 실로 잡다한 것들이 포함된다. 가족 구성의 변화, 기후의 변화, 이질적 문화에 노출, 다양한 먹을거리에 적응 등.

그 가운데 내가 강하게 흥미를 느꼈던 것은 입맛

의 변화다.

우리 집은 전형적인 일본 중산층 도시인의 생활이었다. 그렇다고 딱히 화이트칼라층은 아니었다. 나의 부모는 외국 생활을 몰랐기 때문에 전쟁 발발 전 소위 서양 음식이란 건 손에 꼽을 정도밖에 몰랐다. 오믈렛, 스테이크, 스튜 정도가 전부였다. 익히지 않은 채소로 만든 샐러드는 먹어본 적도 없다. 어릴 적 내가 아는 샐러드라면, 삶은 감자에 당근을 넣고 마요네즈로 버무린 것이었다.

카레라이스가 그나마 가장 자주 나온 일본요리 이외의 음식이었는데, 사실 그것은 일본 특유의 요리로 인도의 카레와는 전혀 다른 음식이란 것을 나중에야 알았다. 일본의 카레라이스는 인도의 카레를 참고했는지는 몰라도 이쯤 되면 일본요리다.

아버지는 작은 회사를 경영했는데, 그 공장에서는 시골에서 처음 상경한 청년들을 많이 고용했다. 그리고 회사 창업기에는 어머니가 그 청년들에게 식사를 해주던 시절도 있었다고 한다. 간고등어나 생선조림, 콩조림, 두부조림 같은 음식이었던 게 지금껏 기억에 남는다. 여담이지만, 당시 도쿄에서 구하는 생선 토막들은 그다지 신선하지 않아 맛이 없었을 거라 짐작한다.

이 청년들이 고향 집을 떠나 상경해서 한두 달 지나면 어머니는 카레라이스를 식탁에 올렸다. 당시 청년들은 카레라이스를 처음 보고 경계하며 먹지 않았다. 또 한 입 먹고 그대로 숟가락을 놓는 청년도 있었다고 한다.

그러나 몇 개월 지나, 오늘 메뉴는 카레라이스라는 말에 기뻐할 정도가 되면 어머니는 그제야 '아, 이 아이는 이제 도쿄에 정착했구나.' 하고 생각했단다. 그 지역 음식에 잘 적응하느냐 못하느냐의 여부는 단순히 입맛의 문제가 아니다. 자세히 들여다보면, 그 지역 문화를 받아들일 수 있느냐의 문제다.

인생은 끊임없이 변화하고, 인간도 바뀐다

내가 10대 초반이었을 때 일본은 전쟁에 참패하고 국민들은 그제야 전후 현실과 맞닥뜨렸다. 그 후 얼마 안 되어 항공 산업이 발달해 우리는 멀리 떨어진 곳을 바다가 아닌 하늘길로 이동할 수 있게 되었다. 열 몇 시간 만에 인도 같은 힌두 문화권에도, 파키스탄 같은 이슬람 국가에도 갈 수 있게 된 것이다.

힌두교에서 소는 신성한 생물, 돼지는 부정한 생물이란 이유로 둘 다 입에 대지 않는다. 그 규율을 지키지 않는 외국인은 까딱하다가는 정치적 문제로

비화될 수 있는 상황에 처한다. 그런 경우 현지인들에게 인정받아 비즈니스를 시작해도 그 관계를 오래 유지하기란 여간 어려운 일이 아니다.

스물셋 되던 해 처음 인도, 파키스탄, 태국 등지에 나가게 된 나는 그 지역 관습과 정서를 모두 이해했다고는 할 수 없지만 지켜야 할 기초적인 것, 즉 현지 식문화를 따르는 자세만큼은 몸에 익혔다.

파키스탄과 인도에서는 돼지를 사육하지 않기 때문에 돈가스는 먹을 수 없다. 하지만 무슨 일이 있어도 먹어야겠다 싶으면 돼지고기는 비공식적으로 구할 수 있다. 누가 나라에서 금기시하는 돼지를 사육하고 있는가 하면, 그런 금기가 전혀 없는 기독교인들이 식육 비즈니스로 현지에 주재하는 외국인들에게 돼지고기를 공급한다.

한 동네에 유대교도, 이슬람교도, 기독교인 들이 사는 지역이 있다. 회사 동료들 사이에도 신앙이 다르면 일단은 주의해야 할 일이 많고, 말 한마디도 신경 써야 하지만 편리한 일도 있다.

이슬람교의 휴일은 금요일, 유대교는 토요일, 기독교는 일요일로 제각각이다. 그러니 기독교인들은 필요한 물건을 사러 일요일에도 문을 여는 이슬람교도나 유대교도의 슈퍼마켓에 가면 된다. 이교도에게도 장사는 한다.

일본의 슈퍼마켓은 휴일이 없어 편리하지만, 다른 종교는 휴무일이 있기 때문에 이런 식으로 신앙을 사이에 두고 공생하는 문화가 있다고 배웠다.

다른 사상과 관습을 가진 사람들 사이에서 자신을 지키며 상대에게도 상처를 주지 않고 살려면 지혜와 노력이 필요하다.

이슬람 국가에서는 지금도 일 년에 한 차례 각자의 집에서 키우던 가축을 한 마리 잡아 토막 내어 친척이나 불우 이웃에게 나눠주는 풍습이 있다. 물론 도살 전문가가 있어서 동물에게 최대한 고통을 주지 않고 죽인다지만, 현지에 사는 일본인 지인은 그날 집 주변에 온통 피 냄새가 감돌아 일부러라도 볼 일을 만들어 동네를 뜬다고 한다.

그런 장면은 그 나라 사람들이 예로부터 목축민으로 살아온 역사를 말해준다. 일본인들은 농경민이기 때문에 가축을 잡아 나눠 먹는 풍습에 익숙지 않다. 그러나 그 나라에서 살고자 하면 현지인들의 행동양식을 가감 없이 봐주어야 할 것이다.

우리는 가족 구성에 변화가 있는 경우에도, 그때까지 보지 못했던 생경한 상황을 맞을 경우에도 모두 인생의 자연스러운 변화로 받아들여야 한다. 왜

냐하면 인생이란 안정보다 오히려 변화를 기본으로
하기 때문이다.

아이들은 자라나 나름대로 취직을 하거나 결혼을
한다. 아이들에게 '엄마 아빠보다 더 좋아하는 사람
이 생기는 것을 참을 수가 없다' 고 하는 부모를 가끔
볼 때가 있다. 하지만 그것은 더 크면 귀엽지 않으니
그대로 있길 바라는 심보와 같은 수준이다.

인간은 스스로 변해간다. 나는 어릴 때 허약한 체
질이었는데, 전쟁 당시 먹을 것도 없고 모든 게 모자
라고 불결한 환경에서 견디다보니 오히려 괜찮아졌
다. 전쟁 덕분, 부모에게서 받은 자질 덕분, 나의 노
력과 게으름 덕분, 친구 덕분이겠지만 그와 같은 인
과관계는 한마디로 단정할 수는 없겠다.

그러나 원인이야 어쨌든 환경의 변화가 있었기에
우리는 스스로 바뀌었다. 바람직하든 그렇지 않든
우리는 변화에서 벗어날 수 없는 존재다.

여섯 번째 이야기

돈도 먹는 것도 적당히

무리하지 않는 것이 건강의 특급 비결

사람들은 돈 모으는 방법으로 '지출을 신중히 하라'고 한다. 일단 씀씀이를 계획적으로 하고 최대한 낭비를 줄인다. 그렇게 하면 수입은 많지 않아도 돈은 한푼 두푼 모인다는 의미일 것이다.

'저축한다'라고 하면, 흔히들 일단 돈을 많이 버는 게 전제가 되어야 한다고 생각하기 쉽다. 물론 수입이 없어서는 당연히 모을 수가 없다. 그러나 아무리 돈을 많이 벌어도 그 이상 써버리면 그 역시 모을 수 없는 건 마찬가지다.

무엇보다 이 관계는 흥미로운 요소에 지배받는다. 바로 시간이다. 인간은 누구나 예외 없이 하루

24시간밖에 쓸 수 없다. 주어진 시간을 수면, 식사, 일 등으로 쪼개 써야 한다.

수면에 대해서는 10시간 자야 한다는 사람과 하루 5시간만 자면 충분하다는 사람이 있는데, 얼핏 이 둘은 상당히 차이가 있는 듯 보이지만 한 사람의 일생으로 보면 의외로 별 차이가 없을 수도 있다.

예를 들어, 오래 자지 않아도 된다는 사람이 중년에 결핵이나 간에 문제가 생겨 몇 개월이고 몇 년이고 요양을 한다 치면, 최종 결산 시점에선 평소 오래 잔 사람과 별 차이가 없어진다. 즉, 인간이 일할 수 있는 한도는 그다지 큰 차이가 없다.

80년 이상 사람들의 사는 모습을 지켜본 입장에서 말하자면, 무슨 일이든 무리를 하지 않는 게 중요하다. 자기 생리에 맞게 하루하루 꾸려나가는 사람이 결국 오래간다.

나는 열 살부터 열세 살까지 전쟁 통에 살았기 때문에 요즘 사람들이 보기에 최악이라 할 만한 빈곤을 체험했다. 1945년 패전 전후 일본 사람들의 식생활은 단백질도 칼로리도 부족해서 어느 모로 보나 형편없었다. 영양실조의 징후는 겉으로 봐서 비쩍 마르는 경우가 흔하지만, 속으로는 한번 병에 걸리면 잘 낫지 않는 결과를 낳는다.

재능도 적당히, 돈도 적당히

전쟁 직후 일본은 요즘 표현으로 하면 슬럼화됐다고 할 정도로 여러 면에서 빈곤했다. 공습으로 집을 잃은 사람들은 지금과 달리 정부가 준비한 수용소나 임시 숙박 시설 등이 없기 때문에 자기 집이 불탄 잿더미 위에 상자나 차양 조각 따위를 이어 붙인 천막에서 살았다. 밥 지을 곳이며 몸 씻을 곳, 화장실도 없었다. 수돗물로 몸을 닦고 마당에 흙구덩이를 파고 용변을 보았다. 연료는 주변에서 주워온 나무토막과 장작이었다.

전쟁 나기 전에는 부자였던 사람이나 가난했던 사람이나 모두 비슷한 수준이 됐다. 아는 사람 중에는 그나마 집에 창고를 갖고 있어서 집이 공습을 당한 후에도 창고에 들어가 사는 운 좋은 사람도 있었다. 창고 안은 2층이었고, 거기에는 당시 아무 쓸모 없어 보였던 서양화니 조각상 등이 있었는데, 어쨌거나 비를 피할 수 있는 거처가 있다는 건 충분히 부러움을 살 만한 일이었다.

1945년 패전 이후 일본의 기적적인 부흥과 경제 회복으로 국민들 생활수준이 나아지고, 그 후로 전 세계적으로도 유례를 찾아볼 수 없을 정도의 풍요로운 생활을 누릴 수 있게 되자 과거의 빈곤은 추억담이 되었다.

그 무렵 일본 사람들은 조금 생각을 달리하게 되었다. 사람이 살아가는 데 진정 필요한 것은 재산이라 할 수 있는 돈, 주식이 아니며 미술품이나 골동품도 아니다. 인간에게 정작 필요한 건 매일 먹는 쌀, 설탕, 콩 등이라는 걸 새삼 깨달았다. 다시 말해서 우리는 원시인들처럼 본디부터 산다는 게 무엇인지를 안 것이다.

그러고 난 다음은 그 사람의 개성에 따라 달라진다. 그래도 시간이 지남에 따라 서화나 골동품 등에 애착을 갖는 사람도 생기고, 출세에 목매는 사람도 생겨났다. 약간 이념에 치우친 '미니멀 라이프'란 단어에 신선함을 느낀 사람들도 있다. 물론 학구적인 생활에 몰두하는 사람도, 농어촌 생활에서 이상을 발견한 사람들도 있다.

그와 같은 전후 분위기에 편승하지 않고 그렇다고 굳이 반대도 하지 않았던 나 역시 단순한 생활을 추구하게 되었다.

그렇다고 깊은 철학이나 의지에 바탕을 둔 것은 아니었다. 전쟁 중 매일같이 도시 곳곳이 불타오르고, 평생 노력해 모은 누군가의 재산이 하룻밤 사이에 잿더미가 되는 것을 보고 '뭐든 고만고만한, 적당한 게 좋다'라고 생각하게 되었다.

사치도 빈곤도 고만고만한 수준으로, 빈곤도 고만고만하게 남들만큼…. 가진 거나 못 가진 거나 적당한 게 좋다. 재능도 어지간해야지, 유일무이하게 우수한 재능을 가지면 세상 고독해져 그게 반드시 행복하지만은 않을 것이다.

몸의 컨디션을 망치지 않는 비결

전쟁 중 언제 또 먹을 수 있을지 모른다는 분위기는 사람들을 끼니에 집착하게 만들었다. 1931년 전후에 태어난 작가들은 나를 포함해 고마쓰 사쿄(小松左京, 1931~2011), 가이코 다케시(開高健, 1930~1989) 등 누구나 '걸신' 들린 부류였다.

그것도 전쟁 중 제대로 된 것을 먹을 수 없었기 때문에 전쟁이 끝난 후 그 욕구불만을 해소하는 중이라고 하면, 사람들이 금세 납득하고 고개를 끄덕이며 그러려니 봐주는 분위기였다. 그러나 1936년 이후에 태어난 작가들은 단순한 식욕 이야기보다 좀 더 철학적인 화제를 선호하게 되었다.

전후 사회의 이슈는 비만이었다. 전쟁 발발 전, 우리 세계에는 다이어트라는 단어도 개념도 없었다. 동남아시아 일부 국가에서는 전쟁 후에도 살찐 여성들이 미녀로 대우받았다. 살찐 여성을 아내로 맞은 남성은 경제력이 있는 사람으로, 아내에게 값지고 맛난 음식을 많이 제공할 수 있다는 증거였다.

나는 지금도 음식과 비만의 관계, 혹은 식욕과 기아의 관계를 잘 모르겠다.

나는 에티오피아 같은 심각한 기아에 허덕이는 지역에 간 적이 있다. 거기서 잡지에서나 봤음직한, 피골이 상접한 아이들을 흔히 볼 수 있었다.

우리가 그곳에 들어갔다는 것은 바로 먹을 것을 들여보냈다는 의미다. 우리는 기아 지역에 들어갈 때는 비스킷 등 소화 잘되는 음식을 휴대하고 다녔다. 그리고 그것을 받은 아이들은 그 자리에서 바로 우적우적 게걸스럽게 먹어치울 거라고 나는 생각했다.

그런데 그게 아니었다. 오래도록 기아 상태가 지속되어온 지역의 아이들은 식욕이 없다. 그들은 오랜만에 무릎 위에 놓인 음식물을 보아도 바로 입으로 가져가지 않았다.

그들은 그저 음식물을 내려다보고만 있었다. 그것이 먹거리란 것을 잊어서 그런 게 아니었다. 먹고자 하는 의욕이 없어 보였다. 나는 그것을 보고 신이 비참함의 극에 달한 인간에게 준 최소한의 구원이 아닌가 하는 생각도 들었다. 기아와 공복은 완전히 다른 것이었다.

지금도 지구상에는 기아까지는 아니더라도 가난하여 하루 세끼를 챙겨 먹지 못하는 사람들이 많다. 일본 사람들이 그런 지역에 학교를 세우고 투자하면, 공부는 둘째 치고 아이들이 적어도 한 끼는 제대로 먹을 수 있겠다 싶어 부모는 기꺼이 자식들을 학교에 보낸다. 급식이 없으면 집에서 양 치는 일이나 시키겠다는 부모도 드물지 않다. 교사들도 급식이 제공되는 학교에서 일하고 싶어 하기 때문에 좋은 교사들이 모인단다.

나는 오랜 기간 이런 사례들을 많이 보아왔기 때문에 먹거리는 뭐든 있는 게 좋다고 생각했는데, 인간에게는 너무 먹어서 생기는 폐해가 사실 더 크다.

한번은 학술조사팀과 근동(近東: 이집트, 이란, 튀르키예, 이라크 등을 말함)의 시골을 여행할 기회가 있었는데, 당시 나는 식료조달팀에 속하게 되었다. 컵누들은 부피를 많이 차지하므로 봉지에 든 인스턴트 라면을 가져갔다. 그래서 점심은 대충 불을 피우고 냄비에 라면을 끓여 먹을 계획이었다. 조사팀은 총 12명이었다. 나는 젊은 사람들도 많고 하니 한 끼에 라면 15봉지를 어림잡았다. 그랬더니 단체를 자주 이끌어본 사람이 말했다.

"소노 씨, 사람이 열이면 9봉지면 됩니다."

"회원들이 많이들 먹을 때잖아요. 그럼 모자랄 텐데요."

"아뇨, 괜찮습니다. 양을 많이 주면 꼭 배탈이 나는 사람이 나옵니다. 조금 적다 싶게 먹이면 탈이 나는 일이 없지요. 가다가 며칠 쉴 수 있는 곳에 닿으면 충분한 양을 준비해 먹일 테니 걱정 마세요."

이 경험자의 말에 따르면 인간은 먹는 양이 조금 모자란다고 컨디션을 망치지는 않으며, 오히려 섭취량이 지나칠 때 금세 탈이 난다고 한다. 말랐지만 건강한 사람은 있어도, 지나치게 살이 쪘는데 괜찮은 사람은 없다는 의미라고 받아들였다.

돈에 집착하는 것은 건강하지 않다는 증거

하지만 육체와 정신이 반드시 똑같은 반응을 보이는 것은 아니다. 워낙 가난하기 때문에 기존에 갖고 있던 소유물들을 소중히 하는 경우도 많지만, 늘 뭔가 부족하다고 여기기 때문에 꼭 필요치 않은 것도 갖고자 하는 가난한 정신이 만연한 경우도 있다.

부연하자면, 받을 수 있는 것이라면 일단 많이 받아둔다. 먹거리가 있으면 시간과 상황 따위 가리지

않고 언제든 배터지게 먹어두게 된다. 이 역시 바람
직하지 못한 습성이다.

아프리카의 한 마을에서 파티를 하면, 초대하지
않은 사람들까지 몰려드는 것이 아주 흔한 일이다.
가난하고, 집에서는 '배불리 먹지' 못하고 있기 때
문이다.

그들은 자기 혼자 배불리 먹고 가는 게 아니다. 파
티 석상에 놓인 남은 음식들을 가족들을 위해 모두
챙겨 간다. 물론 '싸 갖고 갈 그릇'이 따로 있는 사회
가 아니기 때문에 아내와 아이들에게 먹일 만한 것
이 보이면 긴소매로 감싸고, 또 주머니에 넣어 간다.
질척한 소스가 묻은 요리라도 상관없다. 옷이 늘어
지고 얼룩이 남아도 상관없다. 요리는 수분이 다 빠
져 제맛도 안 나지만 그런 건 문제가 되지 않는다.

인간, 꼭 필요한 만큼은 있어야 한다. 그러나 잉여
는 짐이 될 뿐이다. 그것이 필요한지 필요치 않은지
를 판단하는 능력이 곧 인간의 지혜이며 현명함이
다. 그러니 자신에게 당장 필요치도 않은 정도의 돈
과 재산을 끊임없이 갈구하는 사람은 불필요하게 체
력과 정신력을 낭비하는 셈이다. 그거야말로 '고생
을 사서 하는 일' 아닐까.

물건과 돈에 대한 욕구는 끝이 없구나, 느끼게 하

는 사례를 우리는 어렵지 않게 목격한다. 이미 충분한 재산가임에도 부모가 사망하면 '상속분'을 놓고 형제끼리 아귀다툼을 하는 경우도 많다.

그런 과정을 거쳐 차지한 돈의 대가가 현세에서 피붙이와의 헤어짐이 되는 현실을 알면 참 묘한 기분이 든다. 어쩌면 이런 단순한 욕구가 강해질 때 그 사람의 육체는 어딘가 온전치 않을지도 모를 일이다.

인간의 세상살이에는 배려와 계획이 필요하다. 그것이 가능한지의 여부가 건강의 바로미터라고 할 수 있다.

식욕이란 속일 수 없다

군살은 또 하나의 저축

　　중년에 접어든 어머니를 나와 조카들은 '뚱보' 라
고 여겼다. 뚱보라는 단어에 대해 약간의 설명을 덧
붙이자면, 당시 '뚱보' 는 요즘처럼 부정적인 의미는
아니었다.

　　세상엔 먹고 싶어도 먹을 수 없는 '빈곤' 한 상황
이 있고, 아주 마른 사람도 있었기 때문이다.

　　뚱보의 '반대' 에 해당하는 사람들은 당연히 '말
라깽이' 라고 불렸을 것이다. 그로부터 세월이 훌쩍
지나도, 그리고 어쩌면 지금도 동남아시아 국가들
중에는 살집 있는 여자가 아름답다고 대우받는 나라
가 있다. 물론 그와 같은 통념이 있는 개발도상국에

서도 최근 '상류계급'은 마른 몸을 지향하는 추세라고 한다.

몸에 살이 있는지의 여부는 사실 취향 문제가 아니라, 정말 건강의 저축이 있느냐 없느냐의 문제라고 한다. 이미 앞서 이야기했지만, 사람은 '큰 질병이나 수술'을 하면 15킬로그램 정도는 빠진다.

내가 직접 체험한바, 나이를 먹는 것만으로 살이 빠질 수 있음을 알았다. 나는 나도 모르는 새 전에 비해 7킬로그램이 빠졌다. 큰 병을 앓은 것도 아니요, 다이어트는 언감생심, 살을 찌우려고 좋아하지도 않는 단것도 가끔 먹었는데 식욕이 저절로 줄었다.

어머니가 '뚱보'였던 것은 우리 가족 모두 아는 사실이었다. 157센티미터 키에 61킬로그램 정도였던 것 같다. 중년 들어 티푸스에 걸려 고생하다 낫고는 급격히 살이 쪘다고 한다.

어머니는 본인 스스로가 자신의 몸무게를 웃음거리로 삼았다. 백화점에서 조리(일본식 여름 슬리퍼)를 살 때 당시엔 그 자리에서 현금으로 지불하지 않고 '장부에 기입'해두고 나중에 지불했는데, 그 돈을 갚기도 전에 신발이 터져 못 쓰게 됐다며 웃었다. 매 끼니 밥을 세 그릇씩 먹는다. 세 그릇째엔 꼭 장

아찌를 얹어 오차즈케(お茶漬け: 밥에 차를 부어 먹는 것, 또는 그 밥)로 먹는다. 그러니 뚱보가 되는 거라고 아버지는 말했지만, 어머니 입장에서 세 번째 밥은 식사의 마무리였다. 마지막 단계를 그렇게 끝내지 않으면 식사가 끝난 게 아니었다.

아버지는 도쿄의 핫초보리(八丁堀) 출신이었기 때문에 오차즈케는 그다지 익숙지 않았다. 나는 가끔 먹는다. 외국에 사는 친구의 외국인 남편이 일본 사람들이 녹차에 밥 말아 먹는 것을 보고 "밥에 더운 물을 부어 먹으며 맛있다고 말하다니 믿을 수가 없다."라고 했다는 이야기를 듣고 같이 웃은 적이 있다. 그렇다고 외국인들 앞에선 오차즈케를 먹지 말아야겠다고 생각하진 않는다. 교류가 많아지면서 그들도 분명 오차즈케의 맛을 알게 될 것이다.

식욕이 왕성해 많이 먹기 때문에 살이 찌는 것인데, 그것에 관해 사람들은 좀 잘못 생각하고 있는 것 같다. 다이어트, 다시 말해서 절식이 가능하다고 생각하는 것이다.

인간의 욕구 중에 속일 수 없는 것이 식욕이다. 그 외의 욕구는 다른 욕구로 치환될 때도 있다고 들었다. 충동구매를 하는 사람은 뭔가 다른 결핍을 쇼핑으로 채우는 것이다.

그러나 식욕은 어지간해서 다른 것으로 대신할 수가 없다. 여기서 어지간한 것이란 생명에 위협을 받을 만한 외적인 힘을 의미한다. 전쟁 당시 공습이 계속되던 밤, 나는 그 폭음 때문에 꼬박 밤을 새우면서도 배고픔 따윈 느껴본 적이 없다.

인간에게는 배부르다는 만복감이 필요하다

그러나 그만큼 원시적으로 굳건한 식욕도 나는 자연스럽게 브레이크가 걸린다고 말할 수 있다. 나도 중년 무렵까지는 빨리 많이 먹는 사람이었다. 하지만 그것도 나이가 더 들다보니 저절로 수저를 내려놓게 되었다. 먹는 속도가 느려지고 어느 정도 먹으면 배가 금세 불렀다.

그렇게 배부르다는 느낌이 드는 순간 젓가락을 내려놓으면 된다. 사람들 중엔 배가 부르기 전에 그만 먹는 것이 좋다는 사람도 있지만, 나는 그 의견에 동의하지 않는다. 인간은 배부르다는 만복감을 느끼는 게 중요하다.

나는 지금 고양이를 두 마리 기르는데, 그중 '유키'라는 암놈은 동네 펫숍의 좁은 통 안에 새까만 고양이와 함께 들어 있었다. 두 마리는 먹이통 하나에 교대로 코를 박고 필사적으로 먹이를 먹었다. 지금

안 먹으면 큰일 나는 것처럼. 그래서 나는 바로 '유키'를 입양했다. 이제 남은 한 마리는 좀 여유 있게 먹을 것이다. 내 바람과는 달리 펫숍에서는 곧장 또 한 마리의 고양이를 통 속에 넣을지도 모르지만, 굳이 뒷일까지 확인하고 싶지는 않았다.

우리 집에는 그때 이미 '나오스케'라는 수고양이가 있었다. 이 아이는 코앞에 먹이그릇을 들이밀어 놔도 먹지 않는다. 그에 비해 나중에 온 '유키'는 '나오스케'의 존재엔 아랑곳하지 않고 사료를 흡입한다. '나오스케'는 그런 '유키'를 어처구니없다는 듯 쳐다본다.

그러면서 반년이 지났는데 '유키'는 아직도 식욕이 전혀 줄지 않았다. 먹이를 보면 일단 통 안에 코를 쑤셔 박는다. 워낙 털이 긴 종류라 더 투실투실 살이 찐 것처럼 보인다. 저러다가는 10킬로그램이나 나가는 뚱냥이가 될지도 모르겠다.

나 자신도 언제까지 살지 모르면서 나는 고양이의 수명에 대해 단편적인 생각을 했다. 내가 살아 있는 동안에는 죽지 않았으면 좋겠는데, 내가 죽은 후 아들 부부에게 고양이들을 대신 맡아 돌봐준다는 약속을 받아놓지 않은 게 신경 쓰였다. 아무튼 사람이나 고양이나 지나친 비만은 건강에 안 좋다.

나는 아침에 일정량의 사료를 주고나서 저녁까지는 먹이통을 치워놓기로 했다. 이렇게 하루 두 끼 또박또박 먹는 것으로 고양이들이 과식으로 이어지지는 않기를 바라며.

배가 고프지 않을 때는 억지로 먹지 않아도 된다

그러나 나는 인간의 식욕에 대해 별로 걱정하지 않는다. 인간은 필요한 만큼 식욕을 유지하는 것 같다. 먹고 싶지 않을 땐 먹지 않으면 그만이다. 적어도 며칠에서 일주일, 수분만 섭취하면 치명적인 일은 발생하지 않는다. 수분만, 이라고 했지만 잊어선 안 되는 것이 바로 염분이다.

나는 아프리카 등의 오지 여행에서 몇 차례 몸 상태가 안 좋았던 적이 있다. 속이 편치 않을 때는 가급적 먹지 않으려 했기 때문에 그땐 그렇게 넘겼지만, 어떤 때는 음식물을 입에 대지 않았는데도 구역질이 나는 경우가 있었다. 그게 바로 염분 부족 현상이다.

그럴 때는 스프 한 입, 말린 매실(우메보시) 한 개를 먹으면 금방 낫는다. 하지만 일본인들의 식생활에 소금은 독이 된다고 강박적으로 생각하는 사람이 있다. 그러나 소금은 없어서는 안 될 요소다.

오늘날 현대인들은 비만만을 두려워하는 경향이 있는데, 그것은 식욕을 다른 목적으로 이용하기 때문이라고 생각한다. 인체에는 일종의 자동제어장치인 호르몬이 있어서 배가 부르면 그것을 알리는 기능이 있다. 그러나 인간의 복잡한 생활 속에서 그 제어장치를 교란시키는 요소들이 발생한다.

구체적으로, 접시에 담긴 음식들을 모두 먹어치워 없애야 한다는 정리 욕구라든가, 눈앞에 먹을 게 있으면 그것이 다 없어질 때까지 다른 생각을 할 수 없는, 일종의 시야협착 같은 심리가 있다고 한다.

초로에 들었을 무렵 나는 먹는 속도가 느려졌다. 서두를 일이 없어졌기 때문에 식사나 차를 천천히 즐기게 되었는지도 모르겠다. 그 결과 먹는 양이 확실히 줄었다. 딱히 이가 부실해진 것도 아니다. 단지 식사 시간이 길어지다보면 먹는 것에 싫증이 난다.

지금 치아 이야기가 나왔는데, 치아와 먹는 행위 사이에는 실로 밀접한 관계가 있다. 나는 부모로부터 건치를 물려받았다. 이 나이에도 온전히 내 이를 사용한다. 후천적으로 건치를 유지할 수 있었던 이유를 꼽자면, 나는 어릴 때부터 단맛을 싫어한다. 지금도 화과자(일본식 과자)는 일절 입에 대지 않는다. "이렇게 맛난 맛을 모르고 일생을 보내다니 안됐어."라고들 말하지만 나는 먹고 싶은 마음이 없다. 그 뜻하지 않은 취향 덕분에 나는 아직 타고난 내 이를 지키며 살고 있다.

두바이에서 산 이란 소금

하지만 단것 좋아하는 사람들에게 나는 과자를 먹지 말라고 하지 않는다. 인생에서 작은 즐거움을 빼앗아서는 안 된다고 생각한다. 다만 나는 단맛 대신 '세상의 빛'이라고도 부르고 싶은 소금의 참맛을 알리고 싶다.

처음으로 내가 소금의 맛을 안 것은 잘츠부르크에서였다. '잘츠(Salz)'는 소금이라는 의미라 그 지명의 의미는 '소금마을'일 것이다. 같은 소금이라도 혀끝으로 핥았을 때 달콤하다고 느낄 만한 좋은 소금이었다. 맛있는 소금은 전 세계 어디에나 있다.

남아프리카공화국에 갔을 때도 수도원 식당의 테이블 위에 먼지 덮인 소금 봉지가 덜렁 놓여 있었다. 보기엔 그래도 고기요리에 곁들이면 맛이 근사해진다. 나는 미련이 남은 듯 그 봉지를 만지작거리며 옆에 앉은 그곳 신부님에게 말했다.

"신부님, 여기 있는 이 소금을 방문 기념으로 가져가고 싶은데, 괜찮을까요?"

워낙 자그마한 크기였고 내용물도 꽉 차 있던 건
아니었다.

"좋지요. 이거 싼 겁니다. 그리고 저에게 말씀하
셨으니 됐지요, 뭐."

신부님은 웃으며 말했다.

내가 탐내는 소금은 대개 먼지 쓴 봉지에 들어 있
다. 마을에서 유일한 '잡화상'에서 취급할 만한 것
이기 때문이다. 하지만 개발도상국 슈퍼에서는 이런
맛난 소금을 팔지 않는다.

한번은 비행기를 갈아타기 위해 반나절 정도 두
바이에 머문 적이 있다. 호텔에만 있기엔 너무 긴 시
간이었지만 그렇다고 딱히 둘러볼 곳도 없었다.

그때 여행사에서 2, 3시간짜리 관광 프로그램을
준비해주었다. 작열하는 태양 아래 눈앞에 총천연색
이 불꽃처럼 튀는 땅이었다. 자동차는 정해진 코스
를 지나 마침내 바닷가의 작은 상점 앞에 섰다.

가이드는 "기념품 사실 분은 여기서 사면 됩니다.
야자나무 열매도 있어요." 했다. 처음 야자나무 열매
를 먹었을 때는 감동했다. 달달한 게 단감 맛과 비슷
했다. 잘 익은 열매든 약간 말린 것이든 퍼석하게 수
분이 빠진 것이든 다 먹을 수 있었다. 식재료로서도
완벽했다. 하지만 나는 야자나무 열매를 살 생각은

없었고, 그 대신….

"소금 있나요?"

"네, 있습니다."

아랍풍 상의를 입은 주인이 말했다. 그러고는 크고 작은 크기의 꾸러미를 내밀었다.

"가루로 된 것은 없나요?"

"가루를 원하면 그라인더에 갈면 됩니다."

나는 그 소금을 500그램 사기로 했다. 주인은 일단 소금 덩어리를 빳빳한 봉투에 넣고 그 위를 돌로 두들겨 부수기 시작했다. 소금이 작은 알갱이로 부서지자 그는 다시 금속 그라인더에 넣고 갈기 시작했다.

"이게 두바이 소금인가요?"

내가 한 번 더 물었다. 염전이 있나 싶어서였다.

"아뇨, 이란 소금입니다."

두바이 북서부에는 너른 만(灣)이 펼쳐져 있다. 그곳에서부터 동해안은 이란의 영토였다.

나는 그 소금을 핥아보았다. 이란의 국민성도 보통 만만한 게 아니라고 들었는데, 소금은 달짝지근하고 부드러운 맛이 났다.

실패를 경험할 필요가 있다

약점 없는 사람은 없다

몸의 기능은 뭐든 남들만큼 할 수 있는 게 좋다. 하지만 다소 떨어지는 부분이 있어도 그것을 하나의 특징으로 살려 쓸 데가 있기 마련이다.

나는 어릴 때부터 눈 때문에 사람들을 약간 경계하게 되었다. 어머니가 다른 사람들을 만나면 이렇게 인사하라고 가르쳐준 대로 잘했기 때문에 사람들은 나를 인사성 바르고 남들과 잘 어울리는 아이로 보았을 것이다. 하지만 내 속엔 다른 사람들을 두려워하고 사람들 앞에 나서길 꺼려하는 본성이 똬리를 틀고 앉아 사라지지 않았다.

그 이유 가운데 하나는 내가 남들 얼굴을 잘 기억

하지 못했기 때문이다. 잘 보이지 않으니 처음 만났을 때 상대의 특징을 기억해둘 수가 없다. 어제 만났던 사람을 오늘 만나면 또 첫인사를 건네며 그런 태도를 보이고 만다. 상대에게 어제 만났잖냐는 말을 듣고서야 민망해지고, 상대는 분명 단 하루 만에 자신을 잊어버린 나를 싫어하게 되겠지, 생각하게 된다. 본인을 빨리 또 계속 기억해주지 않는 상대를 좋아하는 사람은 없다.

미움 받는 거야 할 수 없지만, 일단 그것은 상대에게 무례를 범하는 것이다. 무관심은 그렇다 쳐도, 무례한 것은 내가 좋아할 수가 없다. 그러느니 차라리 보지 않고 멀어지는 편이 낫다고 생각한다.

그런 탓에 나는 이른바 '사교'라는 것을 싫어했다. 나의 청춘 시절은, 전쟁 중에는 엄격하게 금지되었던 댄스 모임이 해제되고 젊은 남녀가 영화를 보러 가거나 야외로 놀러 가는 것도 부모의 허락만 있으면 가도 되는 시대였다.

야유회는 별개로 치고, 댄스파티에서는 적어도 열 명 이상의 낯선 사람들을 만난다. 나는 상대의 이목구비를 잘 보지 못하니까 복장으로 외워두기로 했다. 처음 만나더라도 여성의 경우 드레스가 사람마다 다르니 외우기 쉬웠지만, 남성들은 비슷비슷한 색의 양복이라 곤란했다. 나는 어쩔 수 없이 넥타이 색으로 기억하기도 했다. 하지만 그것도 마음처럼 잘 되지 않았다. 다음번 파티에도 똑같은 넥타이를 매고 오는 사람은 드물었기 때문에, 나는 결국 모임에서 만난 사람들을 누구랄 것 없이 기억할 수 없었다.

나는 안경도 수시로 바꾸고 나중에는 콘택트렌즈도 사용하면서 어떻게든 시력을 보완하려고 했다. 그러나 교정시력도 1.0 이상은 나오지 않았다.

중년이 넘은 이후 단것을 좋아하는 친구를 만나 이야기하다보니, 친구는 케이크 때문에 이가 나빠져 치과에 거액을 지불했다고 투덜댔다.

"다 합치면 아마 경차 한 대는 뽑고도 남을 돈을 갖다 바쳤지."

하기에 나는 웃음을 터뜨리고 말았다. 그 말을 들으며 친구의 입으로 경차 한 대가 들어가는 장면이 떠올랐기 때문이다. 짠맛을 좋아하는 나는 치아는 나쁘지 않다. 충치를 치료한 적은 있지만 80대 중반이 넘어도 온전히 내 이로 살고 있다.

하지만 친구를 웃음의 소재로 한 이 장면은 사실 나한테도 해당된다. 내 경우 치아에는 돈을 들이지 않았지만, 심한 근시 때문에 안경만은 셀 수 없이 많이 바꿔주어야 했다. 안경 비용 역시 경차 한 대 이상 들었을 것이다. 중형차 한 대가 콧등에 올라앉아 있는 모습을 상상하니 그 또한 웃지 않고 못 베길 장면이었다.

아마 모든 사람들이 남에게는 말하지 않아도 제각기 약점을 갖고 있을 것이다. 위가 약한 사람, 걷지 못하는 사람, 잘 듣지 못하는 사람 등등. 내가 젊을 때는 멀리 있는 것이 보이지 않았다. 그래서 정신도 '근시안적'인 채 고정되었다.

그러나 그 역시도 쓸 데가 있다.

인간은 자신 이외의 다른 사람이 될 수 없다

성장기 때 나는 바깥세상의 많은 부분들이 잘 보이지 않았다. 그것을 결점이라 생각하고 나서기 꺼렸으며, 기능이 떨어지는 눈으로 평생 살 각오를 해야만 했다.

바깥세상이 잘 보이지 않으니 내 안에선 추리력과 창조력이 자라났다. 그것을 잘 살리면 타인의 마음을 재빨리 간파할 수 있겠지만, 잘못하면 억측과 오만덩어리가 된다. 바람직하지 못한 성격이다. 나에게는 그런 바람직하지 못한 성격의 씨앗이 충분히 있었다.

그러나 인간은 자신 이외의 다른 사람이 될 수 없는 운명을 가지고 있다.

어느 날 밤 고양이들이 보이지 않아 찾아다니다 보면 내 책상 의자 위에 말간 얼굴을 하고 앉아 있다.

"엄마(나는 어느새 고양이들의 엄마가 되었다)는 그렇게 성실하지 않아서 밤에는 일을 하지 않아. 잘 알고 있네." 하면서 내 생활 리듬을 용케 여기까지 외웠구나, 라고 생각한다.

지구상의 인구는 70억, '고양이의 수'는 약 2억 400만이라는 기사를 읽은 적이 있는데, 요즘은 고양이를 키우는 가정이 크게 늘었다고 하니 그 수는 더 많을 수도 있다. 적어도 30명에 한 마리꼴이 된다.

그 전부터 마음먹었던 것은 아니나 남편이 죽은 후 나의 삶 속에 자연스레 고양이 두 마리가 들어왔다. 사실 남편이 떠난 직후 한동안 나는 피로가 몰려 매일 잠만 잤다. 아침에 자리에서 일어나는 것도 귀찮았다. 그럼에도 내가 창을 열고 신선한 바람을 집 안에 들이며 일상생활을 되찾은 것은 이 고양이들 덕분이다.

먹이를 주고 물을 갈아준다. 고양이들을 위해 게으름을 피울 수 없었다. 집 안 청소는 가끔 건너뛰기도 한다. 그러나 고양이에게 물과 먹이를 주는 건 생명에 관한 문제다. 이 녀석들이 나의 생활 리듬을 되찾아준 것이다.

인간의 생활을 결정하는 것은 당사자의 마음먹기인 게 분명하지만, 아이러니하게도 인간 개개인은 자신이 바라는 대로만 생활을 해나갈 수가 없다. 부모 형제 등 가족들의 참견, 시대의 흐름 등이 늘 그 사람의 삶에 변화를 가져왔다.

그 사람의 생활은 본인의 의도에 따라야 마땅하겠지만, 운명은 언제나 뜻하지 않게 흘러가는 부분이 있는 것 같다. 그리고 그 부당한 흐름에 견뎌내는 것이 그 사람의 재능 가운데 하나라고 생각하게 되었다.

인간은 어떤 상황에 놓이든 자신을 살려낼 수밖에 없다

어머니 생전에 내가 반려동물을 키우겠다고 하면, 허락하는 대신 금지 사항들이 조건으로 많이 붙었다. 만졌으면 곧장 손을 씻어라, 잠자리에는 절대 동물을 데리고 들어가지 마라, 사람들 식기에 입을 대게 하지 마라 등등.

그러나 혼자 지내는 지금 나는 고양이들에게 하

고 싶은 대로 다 하게 한다. 사람이 먹는 음식은 주지 않았지만, 그들이 내 이불 속에 들어오는 것은 막지 않았다. 아무도 보는 사람 없으니 좋구나, 했다.

특히 암컷인 '유키'는 수염으로 내 뺨을 문지르고 내 품 안에서 자다가 얼마 안 있어 더운지 슬그머니 빠져나가 바닥으로 내려간다. 나는 반쯤 꿈속에서 '맞아, 고양이나 사람이나 제 뜻대로 할 수 있는 게 중요하지.' 하며 마음을 놓는다.

나는 남편이 떠나고서야 비로소 나 살고 싶은 대로 사는 맛을 알았다고 할 수 있겠다. 그 전까지 나는 늘 딸, 아내, 엄마로 집 안에서도 내 행동이 가족들에게 어떤 영향을 미칠까, 생각하는 버릇이 있었다.

그러나 나는 인생의 끄트머리에 다 와서야 내 마음대로 살 기회가 주어졌다. 그래서 좋다는 것도, 나쁘다는 것도 아니다. 어쨌거나 그러한 상황에 놓였다.

그리고 사람은 어떤 상황에 처하더라도 살아 있는 한 거기서 자신을 살릴 수밖에 없다. 감옥에 갇혀서도, 난민이 되어서도, 외국인으로 박해를 받더라도, 인간은 자신을 살려내기 위해 온 마음을 쓸 수밖에 없다. 다시 말해서, 인간은 누구나 한 사람 한 사람 살아갈 무대를 부여받고 태어난다. 어떤 일, 어느 곳이든 호락호락하지 않다.

나는 때때로 동물원 우리에 갇혀 있는 동물들을 가엾다고 생각하지만, 그들이 원래 살던 자연에서도 천적으로부터 자신을 살리기 위해 끊임없이 싸워야 한다. 공격하는 적도 없고 충분한 먹이가 주어지는 동물원 안에서도, 나름대로 심리적 스트레스와 싸워야만 한다.

앞으로 나아가려면 실패를 경험할 필요가 있다

자신의 처지를 한탄하는 것은 그 자체가 허무한 일인지도 모른다. 현실에서 도망치는 게 아니라 현실을 토대로 출발할 필요가 있기 때문이다.

집을 한 채 지은 적이 있는 사람이라면 아무것도 없는 것에서 설계하는 것이 얼마나 어려운지 알 것이다. 그런 경험이 없어도, 개축이라면 우리는 더 효과적인 방법이 무엇일지 안다.

인간의 행동은 모두 한 발짝씩 앞으로 나아간다. 적어도 나는, 금세기 말까지의 집이라면 상상할 수 있을지 몰라도 다음 세기의 집을 설계할 수는 없다. '하늘을 나는 자가용'이나 '옷 입은 채 들어가면 몸과 옷을 동시에 씻어주는 욕실 장치' 정도는 생각해 볼 수 있지만, 현실적 설치 문제가 대두되면 세부적인 설계까지는 불가능할 것이다.

우리는 반드시 현재를 기본으로 한다. 지금까지 실패한 점을 고치고 반 발짝 내지 한 발짝씩 앞으로 나아간다. 전진이나 개량이라는 행위를 위해서는 현재의 실패가 밑거름이 된다.

그렇다면 우리는 늘 현재의 실패를 올곧이 받아들이는 것이 성공의 원천이라고 할 수 있다. 남들 다 아는 '실패는 성공의 어머니'라는 말을 하고픈 건 아니지만 그게 현실이다.

음악가 같은 예술인들의 청춘 시대를 보면, 그들은 10대 이전부터 재능을 발견해 일관되게 키우고 그것을 더더욱 갈고 닦아 그 분야에서 성공한 것처럼 보인다.

한편 소설을 쓰는 재능은, 오랜 세월 꾸준히 딱딱한 돌을 연마하다보면 몇 십 년 지나 마침내 그것이 매끈한 관상용 돌이 되어 있는, 그런 느낌이다.

그러나 그 변화의 과정은 모두 오늘의 현실이 얼마나 비참하든 그것을 받아들이고 거기서부터 출발한다는 운동법칙하에 이루어진 것이다. 오늘 하루는 '변화와 성공의 한 발짝 앞'이다. 이런 현실을 받아들이지 않고 꿈만 꾸는 젊은이들이 의외로 많다.

자기다운 하루를 보낸다

나이를 먹으면 여기저기 고장 나는 게 당연하다

요 며칠 나는 틈만 나면 무위로 '뒹굴뒹굴하며' 보냈다. 유행한다는 독감에도 걸리지 않았고, 워낙 소식을 하니 속이 탈날 일도 없다. 80대 후반이니 하루 종일 게으름을 피우고 있어도 손가락질할 사람은 없다고 내 자신에게 인심을 쓴다.

그래도 내 주변 정리는 내가 한다. '귀찮다'고 생각하면서 이는 닦지만 세수는 가끔 하지 않는다. 아무 데도 나가지 않으니 세수 안 한다고 어디가 오염되는 것도 아니다. 그리고 아무도 내가 세수하지 않은 것을 눈치 채지 못한다. 참 재미있다.

젊을 때는 세수는 말할 것도 없고 화장하고 머리

를 매만지지 않으면 외출을 하지 않았다. 그럼 지금까지 하지 않아도 되는 일을 했다는 말인가? 아무튼 지금은 맨얼굴로 나다닌다. 하지만 그 상태로 표정까지 뚱하게 있지는 말자고 마음먹고 있다.

사람들은 겉과 속이 한결같은 사람을 좋은 사람이라고 말하지만, 나는 속(이면) 없는 사람을 싫어한다. 아무리 자기가 안 좋은 일이 있어도 남을 대할 때는 밝은 표정을 하는 사람이 좋다. 겉과 속이 완전히 같은 사람은 고릴라와 진배없다고 생각한다.

건강에 대해서도 마찬가지다. 질병은 굳이 숨기지 않아도 된다. 기계나 인간이나 고장 나는 게 당연하다. 그것을 하나하나 왜 이러나, 이러면 안 되는데… 하는 건 소용없는 짓이다.

그러나 자기 몸 아픈 이야기는 남에게 결코 흥미롭거나 재미있는 이야기는 못 된다. 눈치 없는 사람이란, 나이 들면 자연히 몸에 스미는 지혜가 없는 사람이다. '손자, 질병, 골프' 이야기는 사람들 모인 자리에서 하지 않는 게 좋다.

나는 지금 나이를 봐도, 노화의 진전을 보이는 몸 상태를 봐도, 인생 종반전에 들었다. 병은 회복하면 좋아진다. 하지만 노인들은 그 후로도 젊은 시절처럼 되지는 않는다. 감기나 식중독 정도는 좋아질지 모르지만, 지병이나 중년 이후 나타나는 몸의 불편(예를 들어 골절 등)은 완전히 좋아지지 않는다.

나는 70대 중반까지 발목 부위 두 군데가 골절됐다. 지금도 눈썰미 있는 사람은 내 걸음걸이가 똑바르지 않다는 걸 눈치 채지만, 나는 지팡이를 짚고 캄보디아 지뢰 제거 현장에도 다녀왔다.

그 후로도 혼자 짐을 들고 아프리카에 몇 차례 다녀왔다. 못 간다 생각하면 갈 수 없는 것이고, 갈 수 있다 생각하면 반드시 간다. 지금은 만성신우염 환자도 선진국이라면 여행할 수 있다.

다만 나처럼 젊을 때 오지를 여행했다면, 그다음 목적지로 오히려 문명국 중에서 잘 알려지지 않은 지역을 희망하든지 국내 구석구석을 돌아보고 싶어 한다.

무엇을 원하는지는 그 사람의 몸이 결정하고, 그 사람의 의지가 메시지를 전한다. '가고 싶지 않다' '무리다' 라고 생각하면 그만두면 될 것이고, '어렵지만 한번 해보자' 결심하면 아무것도 아닌 일도 있다.

사람의 일생은 별것 아닌 날들의 연속이다

예전에 오랜 투병 끝에 휠체어 생활을 하는 여성이 있었다. 내가 기획한 '성지순례 여행' 에 참여할 수 있으리라곤 생각도 못했다고 고백했다.

하지만 우리의 성지순례 모임에는 몸이 불편한 사람이 있을 땐 건강한 사람이 도와 함께하겠다는 약속이 있었기 때문에 휠체어 여성의 참가를 아무 문제 없이 받아들였다.

나는 그녀를 조금도 특별히 대우하지 않았다. 휠체어를 이용할 수 없는, 교회의 굽은 계단 앞에서는 "무릎을 짚고 기어 올라가보라…"라고까지 말했다. 그녀는 아주 밝은 성격이었기 때문에 그 모든 과정을 감내했다.

나는 그녀에게 낙타도 타보라고 권했다. 균형 잡기가 어렵기 때문에 보통은 태우지 않는다.

하지만 젊은 남성이 뒤에서 잡아주면 가능하다. 그렇게 하여 그녀는 다른 이들과 똑같은 체험을 하고 무사히 귀국했다. 나중에 들으니 그녀는 일본을 떠날 때 여행 도중 죽어 작은 상자에 담겨서 돌아오는 모습까지 각오했다고 한다.

하지만 실제로는 건강한 모습으로 귀국했다. 그리고 자기 주치의가 "어디서 어떤 치료를 받았기에 이렇게 좋아졌느냐?"라고 물었다는 여담까지 전했다.

나는 그녀의 병명을 몰랐으니 의학적 판단을 할

수는 없었지만, 매일 분명한 목적을 갖고 약간의 어려움과 불편이 따라도 남들과 똑같이 견디며 인간으로서의 사명을 완수했다는 자각이 그날을 뿌듯한 하루로 만들었다고 믿는다. 그것은 육체와 정신 양면에서 그 사람이 생각한 사명을 스스로 완수했다는 인식이 있었기 때문에 가능했다.

인간의 생애는 그와 같이 아무렇지도 않은 나날의 연속이다. 그러니 특별히 용감할 일도, 지적으로 남들보다 우수하다고 떠벌릴 일도 없다. 다만 내가 할 수 있는 최선을 다하며 살았다면 그것으로 그 사람은 충실한 하루를 보낸 것이다. 만족스러운 일생이란 충실한 하루하루가 쌓인 것이다.

아프든 건강하든 큰 의미는 없다

내 생각에 컨디션을 좋게 하는 방법은, 식사든 운동이든 여러 가지가 있다. 그러나 진짜는 자신이 가진 재능을 충분히 활용해 자기다운 하루를 보내는 것이다. 그리고 그 충실의 정도는 남들이 따질 게 아니다.

나는 사실 오늘 하루 몸 상태든 일이든 좋지 않았다고 해도 그걸 그리 대단하게 생각지는 않는다. 같은 의미에서 '어디 한 군데 나쁘지 않은 건강'도 그

아홉 번째 이야기
자기다운 하루를 보낸다

121

리 대단한 일은 아니다. 불완전하지만 무엇을 생각하느냐에 달렸다. 성냥팔이 소녀는 성냥 하나를 그을 때마다 '행복'을 보았다. 그러니까 그녀는 그 나름 완전한 풍요로움과 행복을 알았던 것이다.

생명을 잃는 것으로 삶을 완수하는 사람

지금 이 원고를 쓰고 있는 것은 평창올림픽이 한창인 기간으로, TV에서는 흰 세상 속에서 젊은이들이 기량을 겨루고 있다. 지금은 이성(理性)의 시대이니 무턱대고 사람을 죽이지 않는다. 그러나 장기든 축구든 이기기 위해 상대의 '중심'이 되는 힘을 빼앗는다.

상식적으로 인간은 죽으면 존재 의의를 잃는다. 지적 작업도 할 수 없고, 노동력도 더 이상 쓸 수 없다. 스포츠나 게임 세계에서도 우리 편이 오래 버티도록 죽지 않고 싸우는 것이다.

물론 때로는 자신의 생명을 던져 남을 구하는 사람도 있다. 역 선로에 떨어진 아이를 구하려 제 몸을 날리는 사람이다. 이런 사람들은 자신의 생명을 남에게 양도하는 것이다. 자신의 생명을 잃은 것처럼 보이나 실은 자신의 생명을 넘김으로써 또 하나의 인간을 완성한다.

인간이란 존재는 그렇게까지 복잡한 생의 의의를 좇을 수 있는 존재이다.

집밥이 사람에게 미치는 영향은 크다

먹지는 않더라도 식탁에는 가 앉는다

작년 겨울 나는 남편의 병 수발 끝에 임종도 맞아야 했지만, 그것들은 결코 가혹한 체험이 아니었다는 느낌을 가지고 있다. 우리 집에는 비서도 있고 오래도록 집안 살림을 도와주는 도우미도 있어서, 육체적으로나 정서적으로 어느 정도 기댈 수 있었기 때문이다. 그러나 인생의 어려움을 이겨냈다는 실감이 없는 것도 아니다. 다만 그런 일은 세상 누구나 반드시 겪는 과정이며 나만의 불행은 아니라는 걸나는 분명히 알고 있다. 이 힘든 상황이 나한테만 주어진 시련이라고 생각하게 되면, 사람은 평정심을잃고 만다.

남편의 마지막 입원은 단 8일이었다. 1년 내지 2년 이상 입퇴원을 반복하며 긴 투병 생활을 했다는 환자의 가족도 있는 것을 생각하면, 우리 사정은 그나마 나은 편이었다. 기간이 짧았기 때문에 나는 충분히 남편 곁을 지킬 수 있었고, 어느 이른 아침 닥친 임종을 자연스레 받아들일 수도 있었다. 남편은 노환이 깊어지면서 늘 내가 가까이 있기를 바랐다.

아직 입원하기 전, 남편은 매일 저녁 식사를 마치면 휠체어를 타고 자신의 침대로 돌아왔다. 식욕은 이미 오래전부터 없어졌지만 그래도 남편은 부엌 식탁에 우리와 함께 앉는 것을 좋아했다.

식사라는 것은 뭔가를 먹는 행위에 국한되는 게 아니라, 서로 얼굴을 마주하고 시답잖은 이야기를 주고받으며 그 존재를 의식하는 행위라는 것을 나는 남편과 보낸 마지막 한두 달의 모습으로 알 수 있었다. 하기야 남편은 이미 그 무렵에는 별로 말도 하지 않았지만, 식탁 앞에 앉아 있는 것은 좋아했다.

대화가 생활이자 오락이고 살아 있다는 증거였다

남편이 자기 침대로 돌아가 누우면 나는 그 방 소파에 앉아 몇 시간을 보냈다. 딱히 무슨 이야기를 하는 것도 아니었다. 남편은 독서 같은 것을 계속했고,

나는 때에 따라서 책을 읽기도 하고 재미있는 프로그램이 있다며 근처에 둔 TV를 보는 날도 있었다. 남편은 평소에도 TV는 거의 보지 않았다.

침대와 소파 사이의 거리는 한 3미터 정도 된다. 남편은 귀가 어두워 그 정도 거리에서도 일상 대화가 불가능했다. 그래도 남편은 그 시간을 퍽 좋아하는 것 같았다. 그 시간을 보내고 나서 나는 8시 반에서 9시 사이에 수면제를 가지고 간다. 남편의 어깨를 두드리며 "약 가져다 놨어요." 하면, 아주 편안한 목소리로 "응." 하고 대답했다. "그럼 잘 자요." 하고 매번 같은 인사를 하면 "응, 잘 자." 하면서 선선히 대답하니, 그 한두 시간이 남편에게는 참 편안하고 소중했다는 것을 알 수 있었다. 뭔가를 한 게 아니다. 그저 한 공간에 각자 하고픈 일을 하며 함께 있는 것뿐이다.

가족의 생활방식은 집집마다 다를 것이다. 가족끼리 트럼프를 하거나 마작을 즐기는 집도 있다고 하나, 우리 집에서는 예전부터 그런 분위기가 일절 없었다. 우리 가족은 아무튼 대화가 생활이자 오락이고 존재의 증거였다.

인간은 아이든 어른이든 누군가의 보살핌을 받고 싶어 한다

나는 가톨릭 신자다. 미사를 드릴 때면 중간에 신부님으로부터 작은 빵을 받아먹는다. 그것을 영성체라고 하는데, 공식(共食: 함께 나누어 먹음)의 의미이기도 하다. 가톨릭에서 그것은 성스러운 변화를 이루신 그리스도의 몸을 받드는 것이며, 우리는 그것을 받아먹음으로써 그리스도와 하나가 되는 상징적인 체험을 하는 것이다.

영성체(communion)를 영어사전에서 찾으면 '교제, 친밀, 마음의 교류, 공유' 등의 의미라고 나와 있다. 우리가 아주 일반적으로 사용하는 커뮤니티(사회, 생활공동체)라는 단어도 같은 어원에서 나온 것이다. 우리는 그날그날 잠잘 곳이 주어지고 몸과 옷을 닦을 곳이 있고, 공부할 공간, 직장, 쉴 방 등이 있으면 살아갈 수 있다고 생각하지만, 정신적으로 살아 있기 위해 필요한 것은 그런 물리적 공간만은 아니며 물질적인 의식주의 조건만도 아니다.

가족이든 동거인이든 정신적으로 함께 생활을 영위하는 존재가 필요하다. 그런 공동생활의 실감은 집 안 어디에나 있다. 어머니는 보통 부엌에 있기 때문에 거기야말로 마음의 유대가 이루어지는 곳이라고 느끼는 사람들이 많을 것이다.

집을 짓는 방식만 해도 현대 주택의 싱크대는 대면형으로 되어 있다. 옛날 부엌의 경우는 반드시 벽이나 창문을 향해 설치했는데, 지금은 가족들이 있는 쪽을 보면서 주부들이 조리와 설거지를 할 수 있게 되어 있기 때문에 가족들은 늘 주부의 시야 안에서 생활한다.

그것을 부담스럽게 여기는 사람도 있을 수 있으나, 우리 안에는 늘 누군가의 보살핌을 받고 싶어 하는 구석이 있기 때문에 나는 현대적 주방 배치에 찬성한다. 덧붙이자면 내가 사는 집은 지은 지 벌써 50년이 된 구옥이라 싱크대는 여지없이 창을 향해 벽에 붙어 있다.

세상 희한한 테이블이 나를 구했다

나는 그 부엌에 일곱 명 정도가 함께 식사할 수 있는 붙박이 맞춤 테이블을 두었었다. 사실 예전 식탁은 별로 크지 않았는데, 마침 남편의 상태가 나빠질 무렵에 널찍한 테이블이 있으면 좋겠다 싶어 드나들던 목수에게 주문제작한 것이다.

그런데 우습게도, 이 테이블은 모서리를 둥글게 다듬은 것은 볼만한데 담당한 사람이 신참이었는지

테이블 윗면에 기복이 있고 다리 길이가 조금 달라 젓가락을 놓으면 떼굴떼굴 굴러갔다.

물론 목수는 미안해하며 곧 다시 만들겠다고 했고, 우리는 이 세상에 다시없을 것 같은 기울어진 테이블을 몇 주 동안 참고 쓰는 처지가 되었다. 위치에 따라서는 올려둔 머그잔이나 찻잔이 주르륵 떨어질 것 같아 우리가 손으로 잡고 있었던 적도 있다.

그러나 남편의 상태가 좋지 않을 때 테이블 위에서 절로 굴러가는 젓가락과 컵을 보며 웃음을 자아내는 순간이 있었으니 그나마 내게 숨통을 틔워준 테이블이라 할 수 있겠다.

남편 임종 당시 우리 집 테이블은 퍽이나 꼴사납고 우스운 상태였다. 나는 지인들이 찾아오면 부엌으로 데리고 가 함께 차를 마시곤 하는데, 그때마다 "찻잔이 미끄러질 것 같으면 손으로 잡고 드세요." 라고 경고하곤 했다. 하지만 이런 상태가 내 절박한 심리를 꽤 풀어준 것도 사실이다.

함께 먹는 것의 소중함

그 기울어진 테이블은 남편이 죽고 난 후에야 제대로 고쳤다. 우리 집에서는 낮 동안 비서들도 함께 식사를 하기 때문에 테이블은 소중한 미팅의 장이다. 그 자리에서 서로 이런저런 이야기를 주고받다 보면 지인의 가족들 병력이나 상태도 다 알게 된다.

요즘 아내들은 남편이 "오늘은 저녁 먹고 들어갈 거야."라고 하면 좋아한다. 나도 공감하지만 그래도 식사를 함께 나눌 사람이 있는 것은 실로 소중하다고 느낀다. 오늘 아침 본 뉴스에서도 혼자 식사하는 노인은 평균수명이 짧아진다는 것을 말하고 있었다.

요즘 많은 사람들의 끼니가 편의점에서 산 냉동식품들로 대체되는 것을 나는 진심으로 우려하고 있다. 내 손으로 만든 음식은 맛이 있고 없고를 떠나 질리지 않고, 집에서 만든 음식이어야 비로소 '공식(共食)=커뮤니온'의 의미가 전해지는 것 같다.

예전에 우리 집 근처에 살던 친구가 "너희 집에서 인스턴트 라면 하나라도 같이 끓여 먹으면 난 기뻐."라고 했던 적이 있다. 그때만 해도 인스턴트 라면은 반드시 냄비에서 3, 4분은 끓여야 완성됐다.

지금 말한 친구는 당시 이미 병이 진행되었는지, 그 후 얼마 지나지 않아 '급성 골수성 백혈병'으로 죽었다. 하지만 입원하기 전 그 친구는 말 그대로 인스턴트 라면을 먹으러 기쁘게 와주었다. 가정의 식탁이라는 것은 마법의 공간이다. 그 힘은 지금도 같다는 점이 좋다.

건강하다는 것의 본질

흙을 더럽다고 생각하는 이상한 발상

나는 열세 살 때 2차 세계대전의 종전을 체험했다. 나라를 잃지는 않았지만 당시 생활은 요즘 말로 하면 일종의 난민 수준이었다. 비누도 없었다. 전기도 자주 끊기고, 연료가 없으니 목욕도 제때 할 수 없었다. 지금처럼 나일론 섬유가 없었기 때문에 옷은 면, 모직, 마로 만들어 금세 해졌다.

시대극을 보면 무대에 가난한 집들이 나온다. 사람들은 윗사람에게 물려받은 몸에 맞지 않는 옷을 입고, 각각 다른 색과 질감의 천 조각들로 기운 이불을 덮고 잔다. 우리 세대의 생활은 당시 기본적으로 그러했다.

다만 일본 사람들은 조직적으로 계획하고 움직이며, 어느 개발도상국의 대통령처럼 혼자 이익을 독식하는 일은 없기 때문에 전시에도 쌀, 된장, 간장, 소금 등을 배급받았고, 천(일본 목면)도 일인당 몇 미터씩 살 수 있게끔 꾸려졌다. 어머니는 배급받은 목면으로 블라우스, 속옷 등을 만들어주었다.

　　당시 서민들은 거의 매일 밤 미군의 공습을 경험하며 전쟁 상태를 파악했다. 우리 집에는 지하에 2평 정도 되는 방공호가 있었다. 매일 밤 공습경보가 울릴 때마다 자다가 일어나 그곳으로 대피하다보면 잠이 부족해 몸이 더 쇠약해진다고, 어머니는 나를 아예 초저녁부터 방공호에 데리고 들어가 그 안에서 재웠다. 어린 나는 그 상태를 약간은 즐겼던 것 같다. 소풍을 가는 것 같은 느낌이었다. 공습이 시작되면 직접 피해를 입고 사망자도 나왔지만 나는 비일상적인 생활을 불편해하면서도 한편으론 재미있게 여기기도 했다.

　　일본 본토가 미군의 공습을 받을 정도로 패전에 가까운 양상을 보이고 있다는 등의 사태를 자각하지 못했기 때문이기도 할 것이다. 나라가 전쟁에 지면 현실은 어찌 될지, 확실히 알고 있었던 사람은 아무도 없었을 것이다.

일본이 패전하기 석 달 전 도쿄 공습이 너무 심해졌기 때문에 우리 가족은 이시카와현(石川縣) 가나자와(金澤)로 피난을 갔다. 따라서 나도 전까지 다니던 성심여자학원 중학교에서 이시카와 현립 제2고등여학교로 전학 갔으며, 그날부터 공장에 동원됐다. 겨우 열세 살짜리 여자아이들이 공장으로 내몰렸던 것이다.

그 정도로 일본은 패색이 짙고 궁지에 몰린 상태였다. 물자도 없었고 노동력도 없었다. 건장한 남자들은 거의 군대에 끌려가 남은 노동력이라곤 10대 사내아이들, 50대가 넘은 중장년들뿐이었다.

나는 변화를 자연스레 받아들이는 성격이었다. 공장에서 일하느라 수업도 못 듣는다…며 불평하는 사람도 많았지만, 나는 처음 해보는 공장 노동도 나름대로 즐겼던 것 같다. 나는 그 당시부터 내가 몰랐던 사회를 보는 것, 나와 다른 환경에서 살아온 사람들을 알게 되는 것에 흥미를 느끼고 때론 감동하며 하루하루를 보냈다고 생각한다. 자라온 환경이 달라 서로 말이 통하지 않는다고 느낀 적은 한 번도 없었다. 딱 한 번, 본인은 엔카(演歌: 일본 대중가요의 하나)밖에 관심 있는 게 없다는 아주머니를 만났을 때 이 사람하고는 친구를 못하겠구나 생각했던 게 아직도 기억난다.

결벽에 가깝게 청결을 신경 쓰는 어머니 밑에서 자랐는데, 어느 틈에 나는 그런 생활이 병적이었다는 것을 느끼게끔 되었다. 전쟁 당시에는 세숫비누건 세탁비누건 부족했기 때문에 나는 다행히 청결 제일주의 버릇을 바로 중단하게 되었다. 구체적으로 말하자면, 더 이상 식전에 비누로 손을 씻지 않았다.

물론 식재료도 부족해서 당시엔 사람들이 '고양이 마빡' 만 한 밭을 일구어 거기에 무나 잎채소의 씨를 뿌렸는데, 그렇게 밭일을 하다보면 당연히 손에 흙이 묻는다. 그런 생활이 지속되다보니 손에 흙이 묻으면 당장 뛰어가 씻고 싶어 했던 내가 내심 부끄러웠다.

인간은 원래 흙 위에 앉아 사는 동물이다. 밥을 먹는 것도 자는 것도 원칙적으로는 흙 위에서 이루어진다. 그런데도 흙을 씻어내야 한다고 생각한 내가 스스로 부끄러웠던 것이다.

지나치게 청결한 것의 폐해

당시 식재료를 구하기 어려웠기 때문에 우리는 먹던 주식 대신 감자나 고구마, 호박 같은 것으로 끼니를 때워야 했다. 미국이 일본 사람들에게 나누어

준 호박씨에서는 거대한 열매가 열렸지만, 어찌나 맛이 없던지 믿어지지 않을 정도였다. 나중에 들은 바 미국에서는 그 호박씨를 가축의 사료로 쓴다고 했다.

나는 원래 흰쌀밥을 좋아했지만, 밥에 보리나 다른 잡곡이 섞여 있어도 그 나름대로 맛있게 먹게끔 되었다. 전쟁 발발 전 아이들은 지금처럼 뭐든 풍족하게 쓰지 못했고, 한창 자랄 시기에도 늘 배불리 먹지는 못했다.

어머니는 서른셋에 나를 낳았다. 나이가 있으니 나를 잘 키워내지 못하고 잃으면 두 번 다시 아이를 갖지 못할 거란 강박에서 과보호한 경향이 있었던 것이다. 식전에는 꼭 비누로 손을 씻고, 소풍 때엔 가져간 사과의 껍질을 벗기기 전에 알코올 솜으로 소독했다. 매사 그러했기에 나는 외부 잡균에 단련되지 못한 채 오히려 더 약하게 컸다고 짐작한다.

앞서 밝혔다시피 나는 노년에 들어 쇼그렌 증후군이라는 일종의 자가면역질환이 나타났다. 이 증상이 발현한 것은 어릴 때(아마도 만 7세 정도까지의 유년 시절) 너무 청결한 생활을 해서 그 시기에 형성되었어야 할 면역력이 갖춰지지 않았기 때문이라는 소견도 있다.

일반적으로는 그 나이에는 형제나 친구들과 함께 생존경쟁을 하며 자란다. 떨어진 과자를 서로 뺏어 먹음으로써 세균도 적당히 들어가 몸속에서는 필요한 면역력이 생긴다. 이것이 바람직한 성장 과정인데, 나 같은 외둥이는 부모의 시선이 집중되기 때문에 약간의 비위생이나 불결한 환경에 노출될 기회도 없다. 그래서 생활상 만들어지는 면역이 갖춰지지 않은 채 성장하고, 이 나이가 되어 몸에 불균형이 생긴다는 것이 그 소견의 배경이다.

나는 이 핸디캡을 인생 중반쯤부터 어렴풋이나마 인식하여 늦었지만 바로잡으려 했다. 사실 말은 그래도 늘 그것만 신경 쓰며 살지는 않았다. 귓가엔 "이제 늦었어." 하는 말이 어디선가 들려오는 것 같기도 하나, 그래도 나는 내 생활 한편에서 방향 전환을 했다. 남들이 굳이 하지 않으려는 체험을 부러 더 해보고자 한 것이다.

더위를 견디는 방법

나의 의지뿐만 아니라 운명 또한 나를 그쪽으로 데려갔다. 아프리카 같은 개발도상국이라 불리는 나라에 가게 된 것이다. 당시에도 아시아 여러 나라에 대해서는 잘 알고 있었고, 스스로도 '아시아인이니

만큼 아메리카보다 아시아를 더 잘 알고 있어 다행'
이라 생각했다.

내가 처음 방문한 나라는 홍콩도 하와이도 파리
도 아닌 인도와 파키스탄이었지만, 아프리카는 아시
아 개발도상국과는 비교가 안 될 정도로 기본 생활
수준이 원시적이었다.

내가 그런 곳에 가게 된 동기는 전부터 알고 지내
던 수녀님이 몇 십 년 전부터 혼자 그 미지의 나라에
가 그곳 사람들을 위해 일하고 있었기 때문이다.

신기하게도 나 역시 그 미지의 나라에 들어가는
것이 조금도 두렵지 않았고, 오히려 그곳에 있는 동
안 건강하게 지냈으며 정신적으로도 자유롭게 느꼈
다.

인간에게는 적응력이 있다. 방사선 피해를 입은
유전자도 원상태로 돌아올 능력이 있다고 들었다.
그런데 워낙 추위에 약한 나는 그 점만큼은 조금도
나아지지 않았다. 더위는 버틸 수 있다. 아라비아나
아프리카 국가들 중에는 기온이 57도나 되는 나라도
있었다. 물론 그곳 호텔에도 냉방 시설은 완비되어
있다. 오히려 그런 고온이 지속되는 나라일수록 호
텔 방 온도를 차갑게 낮추는 것을 손님에 대한 서비
스라 생각한다.

취재하러 호텔 방을 나설 때마다 30도 전후의 실내외 온도차를 온몸으로 견뎌야 했다. 그 결과 나는 자율신경기능이상이 되어 맥박이 불규칙해지고 호흡곤란을 겪은 적도 있다.

인간은 사실 자연 속에서 그 땅에 사는 동물처럼 생활하는 게 좋다. 건조하고 더운 나라에서 낙타는 나무 그늘 밑 여전히 뜨거운 모래 위에 무릎을 꿇고 앉아 있다. 그 모습이 보기 좋다.

다만 인류를 위해 변호하자면, 기온이 30도 이상 되는 곳에서 인간은 동물로서는 살 수 있지만 '사고하는 동물'로서의 삶은 유지하기 어렵다. 그만한 기온 속에서 인간은 먹고 걷고, 목적을 위해 자주적으로 노동하고, 섹스하고, 잘 수는 있지만, 인간적으로 사고할 수가 없다. 그래서 문화는 북방의 추운 지역에서 발전한다고 하는 모양이다.

그런 더운 지역에 사는 사람들은 더위에 대항할 소박한 수단도 고안해냈다. 내가 아는 가장 간단한 피서법은 밖에 나갈 때 티셔츠 위에 미지근한 물을 적셔서 짠 타월을 걸치는 것이다. 이것은 가난한 사람들이 더위를 달래는 수단이다. 적어도 타월이 다 마르기 전까지는 물기가 증발하며 체온을 낮춰준다. 하지만 이 방법은 고온 건조한 인도나 파키스탄, 아라비아 같은 나라가 아니라면 별로 효과가 없다.

가장 자연스럽게 더위 속에서 지내는 방법은 피부를 햇볕에 노출시키지 말고 나무 그늘 아래 편안히 누워 있는 것이다. 이런 지혜(?)를 발휘하면 기온이 35도가 훌쩍 넘는 곳에서도 냉방 없이 살 수 있다. 아니, 40도가 넘어도 버틸 수 있다.

다만 '자연 그대로의 환경' 속에서는 앞서 밝혔듯 인간은 아무 생각 없이 그저 먹고, 섹스하고, 손득계산과 돈이나 다룰 줄 아는 동물이 될 것이다.

건강 유지를 위한 선조들의 지혜

예전에 동남아시아 어느 나라에서 극빈층 노동자들이 일하는 것을 가만히 바라본 적이 있다. 그들은 여러 대의 트럭 짐칸에 흙을 세 번 정도 퍼 올리고는 땅에 삽을 지팡이처럼 짚고 서서 2, 3분은 주위를 둘러보며 자기들끼리 노닥거리길 반복했다.

그런 안이한 태도를 보고 일본인 관리자는 화를 냈다. 그들이 게으르다는 것이었다. 그러나 일본인들처럼 바지런히 일을 했다간 이 더위에 컨디션을 유지할 수 없다. 여유를 갖고 천천히, 즉 게으름을 피우는 것은 그들의 선조로부터 전해 내려온 지혜인 것이다.

이것이 문화를 이해하는 것이라고 나는 생각했지만, 정해진 날짜까지 정해진 분량의 작업을 끝내야 하는 계약과 능률주의에 기반한 일본 사회에서는 절대 통용되지 않을 방식이다.

게으른 자들이 많은 지역에서는 몇 월 며칠까지 공사를 완성해야 한다는 제약은 통하지 않는다. 아니, 일단 회사에서는 문서화되어 있지만, 조직의 말단 노동자들에겐 '그런 거 우린 알 바 아니올시다' 이다.

그들의 머릿속에 대부분의 일들은, 그들이 완성한 시간이 마감시간이고 계약조건이다. 따라서 날짜는 '높은 분들은 알고 있을지 모르지만 우린 모르는 일'인 것이다. 나는 거기서 일본 사람들은 상상도 못하는, 정신의 건강함을 엿볼 수 있다.

타고난 몸에 대하여

인체의 한계에 대하여

나는 쉰 살을 몇 달 앞두고 백내장 수술을 받았다. 요즘 백내장은 수술을 하고 당일 퇴원할 만큼 간단한 질환이지만, 내 경우는 좀 긴 과정이 필요했다. 그전에 중심성 망막염이라는 병에 걸렸었기 때문이다. 그것이 원인이 되어 쉰도 되기 전에 후극(後極) 백내장 진단을 받은 것이다.

나는 유전성 고도 근시였다. 만 여섯 살, 초등학교에 입학했을 때부터 칠판에 적힌 글자가 보이지 않았다. 아침에 눈을 뜨는 순간부터 이 피할 수 없는 조건, 즉 사물을 잘 볼 수 없는 시력을 갖고 시작해야 했다.

그래도 1930년대에 태어난 덕에 근시, 난시, 노안도 교정할 수 있는 렌즈로 안경을 맞춰, 부실하나마 남은 시력의 최대치를 끌어내 쓸 수 있었다. 그 덕에 나는 특수학교가 아닌 보통학교를 졸업했고, 나아가 '안경 착용' 조건으로 간신히 운전면허까지 딸 수 있었다.

그러니 시력이 나빴던 젊은 시절을 딱히 비극적으로 보내진 않았는데, 반백에 받은 백내장 수술로 그때까지의 고도 근시 딱지마저 떼어낼 수 있었다. 그 시절 이야기는 《선물 받은 두 눈의 기록》(아사히 문고)이란 책에 담겨 있다.

나는 지금까지 근 60년간 전업 작가로 소설을 써왔다. 그동안 마음이랄까 정신이랄까, 그러한 내면의 부분에 대해서는 매번 다루었다. 그러나 나 자신이 중병을 앓았던 적은 없기 때문에 육체의 병에 대해서는 거의 언급하지 않았다. 그러니까 나는 정신 건강과 증상에 대해서는 자주 이야기했지만, 육체의 건강과 인생에 대해서는 그다지 건드린 적이 없다. 하지만 나는 요즘 인간이 인간으로서 원만한 상태에 있다는 것이 어떤 의미인가에 대해 자주 생각한다.

체력을 의식하다

제2차 세계대전이 발발하고 일본이 심한 공습을 받던 때, 당시 나는 열 살이었고, 3년 후 전쟁이 끝날 때까지 식량 부족, 정전, 단수 등 갖가지 생활상의 불편을 겪었다.

1945년 3월 초부터 도쿄 곳곳은 심한 공습을 받았다. 그 와중에 살아남으려면 불길 속을 빠져나가는 방법이라든가, 얼마 안 되는 짐을 들고 빠르게 달릴 수 있는 체력이라든가, 담장을 타고 넘을 수 있는 기술이라든가, 그런 것들이 한 인간의 생과 사를 가르는 열쇠라는 것을 깨달았다.

그러니까 살아남는다는 것은 지성과는 그다지 관계가 없었다. 오히려 운동 능력이나 영양 불균형, 불결한 환경에서 견뎌낼 수 있는 강한 체력 등이 관건이라고 느꼈다. 그 강인함은 후천적인 훈련으로 몸에 익히는 것이라기보다 많은 부분은 타고난 것으로, 그것은 당사자에게도 부모에게도 국가나 사회는 물론 그 누구에게도 책임을 물을 수는 없는 것이라고 느끼게 되었다.

이후 작가가 된 뒤부터는 몸과 체력에 대해 더욱 의식하게 되었다. 전업 작가로 등단하면 초기에 되도록 많은 작품을 써내야 한다. 과연 그것을 진정한 작가가 되는 과정으로 봐도 좋은지 어떤지는 모르겠지만, 아무튼 무슨 일이 있어도 상당량의 원고를 마감일까지 제출할 수 있어야만 한다.

나는 함께 살던 친정어머니가 육아를 맡아주긴 했지만 어쨌든 주부이니만큼 집안일을 나 몰라라 할 수는 없어 집필 활동 틈틈이 해왔다. 수면 부족이야 늘 겪는 것이었고, 아이가 초등학교에 입학하면서 남편은 내게 아침만큼은 아이와 함께 먹기를 요구했다. 밤새 글을 쓰고 동틀 녘에야 겨우 등을 붙였더라도 아침밥은 아이와 함께 먹고 다시 자라는 것이었다.

몸을 늘 좋은 상태로 유지해야 한다는 압박

앞서 말한 대로 쉰 무렵부터 나는 시력을 되찾고 새로운 분야에 도전하게 됐다. 자세히 말하자면 아프리카를 비롯한 개발도상국에 자주 가게 된 것이다. 그것은 신선한 체험이었다. 그 일은 내 시야를 넓혀주었고 나는 새로운 세계를 바라보게 되었다.

내가 어린 시절에도 경험하지 못한 극도의 빈곤, 의료 시설의 부재, 완전한 봉건적 생활, 그리고 식민 제도의 잔재 따위를 아프리카 여러 나라에서 목격할 수 있었다.

전쟁 중의 일본은 아무리 물자가 부족했어도 아

프리카처럼 거의 일상적으로 저녁을 굶어야 했던 것은 아니었다. 단수는 수시로 있었지만, 수도 자체가 없는 아프리카 사람들처럼 무거운 물동이를 짊어지고 먼 길을 걸어야 했던 것도 아니었다.

또한 배급받은 약간의 물자를 전시 일본 사회에서는 공평히 나눌 수 있었다. 전쟁이 끝나던 해에 나는 10대 여공으로 동원되었는데, 그 군수공장에서 배급되는 악취 나는 대구포를 공장은 차별하지 않고 나 같은 말단 여공에게도 나누어 주었다.

만약 아프리카였다면 누군가 독점해서 팔아 치워, 가난하고 힘없는 자들은 구경도 못했을 것이다. 아프리카에서 정부 관계자들의 어마어마한 뇌물 사건을 목격한 적이 있다.

그 이후 나는 이를 계속 공부해야겠다고 결심했다. 아프리카에 가서 아프리카의 이모저모를 보려면 일본에서 살 때보다 더 강인한 체력과 거친 환경에서 살아남기 위한 요령이 필요했다. 내가 그 무렵부터 내 몸을 단련한 이유다.

하지만 당시 나는 이미 쉰이 넘은 나이였다. 정확히 쉰셋에 사하라사막을 종단했는데, 사막이란 곳에 발을 디딘 것은 그게 처음이었으니 하나부터 배워야 했다.

사막에서 여섯 명이 두 대의 사륜구동 차에 나눠 타고 1380킬로미터의 무인 지대를 무사히 빠져나갈 수 있으려면 운전하는 기술은 물론, 기본적으로 체력이 필요했다.

하지만 체력이라는 것이 정신의 많은 부분을 지배한다는 것을 나는 잘 알고 있었다. 나는 조금이라도 컨디션이 나쁘면 금세 얼굴에 티가 난다. 또 그럴 때 쓴 원고는 완성도가 떨어졌다. 다음 날 아침 원고를 다시 읽어보다 '어젯밤엔 어쩌다 저렇게 느슨한 문장을 썼을까' 생각되는 때면 어김없이 그 전날 미열이 있었던 체험이 있다.

그래서 나는 남한테 폐를 끼치지 않기 위해서라도 내 몸 상태를 늘 좋게 유지해야 한다는 압박을 계속 느꼈다. 이런 종류의 동물적 공포는 많든 적든 누구에게나 있지 않을까.

정신의 술렁거림을 깨닫는가

한 가지 의외다 싶은 점은, 글로 표현하는 사람으로서 나는 정신 상태에 대해서는 꽤 수다스럽게 표현해왔으나 육체에 대해서는 침묵해왔다는 것이다.

40대, 50대에 나는 자주 상인두염(上咽頭炎)에 걸려 미열이 났다. 그것은 인두의 점막이 약해서라고 하는데, 나는 아무리 생각해도 괜히 아프다고 느껴지는 게 아닌 것 같았다. 다음 날 어떤 파티에 가야 할 예정이라도 있으면 꼭 목구멍이 먼저 탈이 났으니 말이다.

그리고 그 기미는 제일 먼저 글 쓰는 데 영향을 미쳤다. 처음에는 '나는 글쓰기에 재능이 없다', '이 상태로는 작가를 계속해나갈 수 없다'는 생각이 머릿속에 퍼져나가다 급기야 '아, 목이… 책상 앞에 앉아 있기엔 목이 너무 아프다…'로 이어진다. 즉 내 안에서 정신이나 신경이 산란해지고 그다음으로 몸 상태까지 안 좋아지는 순서를 따르게 된다.

나는 이 과묵한 육체에 언젠가부터 애처로움을 느끼게 됐다. 보통은 몸이 먼저 통증이나 증상을 호소하고 영혼이 그것을 달래 꾹 참는 게 아닌가? 하지만 내 경우는 그렇지 않았다. 정신이 먼저 소란을 피웠다. 그러고 나서야 그 소란의 결과로 육체의 불편을 깨닫는 것이다.

몸의 지시를 받아들인다

내가 사람들 앞에 나서는 자리를 좋아하지 않고, 너구리마냥 동굴에 틀어박혀 혼자 일하고 싶어 하는 성격이라고 깨달은 것이 10대 후반이었던 것 같다.

사람들이 처음 나를 보면 파티를 좋아하는 사교적인 사람이라 생각하는 경우가 많았다. 나는 허물없이 지내는 몇몇 사람들과 우리 집에서 식사하는 것은 매우 좋아한다. 하지만 잘 모르는 사람들이 모인 파티에 참석하는 일은 별로 없다. 오히려 그런 자리를 꺼리는 편이다.

그래서 이런저런 신경 쓰지 않고 집 안에서 혼자 할 수 있는 일이 무엇인가 생각하니, 넓은 의미에서 수작업을 하는 장인밖에 없었다. 나는 시력이 안 좋았기 때문에 자수의 명인이 될 생각은 못했지만, 끈기 하나는 있어서 예컨대 대바구니를 엮는 직공이라든가, 베틀짜기라든가, 깨진 도자기를 복원하는 일 등은 모두 가능할 것 같았다. 가만히 생각해보면 그러한 성향은 시력이 약한 데서 비롯된 것이고, 그것을 나는 10대 후반에 깨달은 것이다.

이 세상 많은 직업들은 상대하는 사람의 얼굴을 보고 기억해야 할 부분이 많다. 교육자, 영업 사원, 매장 직원, 소매점 주인 등의 일은 상대의 이름과 얼굴 정도는 기억해야 업무에 유리하다.

우리 집 근처의 가게 주인만 봐도 내가 지나가면 곧잘 "며칠 전 할머님이 감기로 편찮으시다고 들었는데 좀 어떠세요?" 하고 안부를 묻는다. 그런 말을 들었다고 해서 내가 꼭 그 가게에서 뭔가를 사는 건 아니지만, 그렇게 인간관계를 이어가는 것이 이른바 생업의 기본이라는 것이다.

수많은 직업을 생각하다가, 상대의 얼굴을 기억하지 않아도 되는 직업을 꼽아보니 소설가가 제일 좋은 것이 아닐까 생각됐다. 나는 물론 내 작품을 담당하는 편집자의 얼굴을 보고 소설을 쓰는 건 아니다. 의뢰받은 잡지나 책의 내용을 더 좋게 할 작품을 쓸 수 있겠다 싶으면 잠자코 쓰고, 그것을 받으러 온 편집자에게 인사 한마디 없이 건네도 상대 역시 '저 사람은 원래 그런 사람' 하고 받아들일 것이다. 내가 신경 쓸 문제는 오로지 원고를 잘 쓸 수 있느냐 하는 것이다.

훗날 이런 내 추측이 틀리지 않았다는 것을 반증해주는 경험을 직접 했다. 하치오지(八王子: 도쿄도 서쪽의 시) 인근 주지승이 없는 허물어진 사찰 본당에 제멋대로 들어가 살고 있던 기다 미노루 씨를 만났을 때이다.

기다 씨는 프랑스 문학 전문가였다. 그러나 세상의 상식과는 거리가 먼 사람이었고, 돈이 많은 사람도 아니었던 것 같다. 주인 없는 절을 발견하고 허락도 없이 기거하기 시작한 것이다.

내가 친한 작가와 편집자와 함께 그 절을 방문했을 때, 기다 씨의 서재 겸 침실은 기가 막힐 지경이었다. 언제 빨았는지도 모를, 색 바랜 베개와 누더기 이불이 요 위에 아무렇게나 널브러져 있었다. 베개 주변은 불어사전과 책들이, 그리고 씻지 않은 식기들이 소쿠리 안에 든 채 내팽개쳐져 있었다.

우리는 거기서 편집자가 신경 써서 사들고 간 스키야키를 해먹어야 했는데, 취사가 가능하기까지 식기부터 닦고 정리하는 데 더 긴 시간이 걸렸다.

그 절에는 부엌도 없어 나는 벼랑 아래 있는 시냇가까지 설거지를 하러 갔는데, 젓가락엔 언제 적 눌어붙은 밥알인지 떨어지지를 않아 물에 담가 불려보려고 했다. 결국 기다리지 못하고 젖은 젓가락을 근처에 있는 조약돌로 부딪쳐 딱딱하게 눌어붙은 밥알을 떼어냈던 기억이 아직도 생생하다.

당시 그런 이유들로 기다 씨의 문학이 배제되지 않았고 오히려 그것들이 기다 씨의 개성으로 부각되는 요소가 되기도 했다. 말하자면, 이 분야는 뭐든 허용되는 세계였다. 나의 낯가림과 얼굴인식장애, 모임 불참 등의 일도 그대로 수용되었고, 그것이 일을 계속해나가는 데 문제가 되지 않았다.

작가 세계에는 참으로 다양한 사람들이 있었다.

돈 버는 것을 좋아하는 사람, 나태한 사람, 목욕을 싫어하는 사람, 술집 여자와 늘 친하게 지내는 사람, 부인에게 호통만 치는 사람도 있었다. 그리고 그런 것들이 그대로 받아들여지거나 독특한 개성으로 받아들여지며 한없이 인간적인 사람으로 통용됐다.

몸이 보내는 사인을 어떻게 받아들일까, 작가의 세계는 하나하나가 재미있는 실험의 장이었던 것이다.

몸이 원하는 것을 먹는다

몸이 알려준다

내가 어릴 때는 영양을 고려해서 식사를 하는 집은 없었다. 어머니는 옛날 여학교를 졸업한 사람으로 무학은 아니었지만, 고등교육을 받은 사람도 아니었다.

하루 세끼 매일 내는 식사는 영양의 관점에서가 아니라 오로지 그때 구하기 쉬운 식재료인지, 조리해서 오래 둘 수 있는지, 만드는 데 비용이 저렴한지가 결정 요소였을 것이다.

그 당시의 메뉴를 돌이켜봐도 기껏해야 스무 가지 정도밖에 생각나지 않는다. 소금에 절인 연어 토막으로 만든 소금구이나 생선조림이 주였다. 기름에 구운 것은 거의 오르지 않았다. 튀김도 해산물이나 야채 튀김은 집에서 만들었지만, 보리새우 한 마리라도 얹어주는 일은 거의 없었다. 하지만 붕장어는 자주 사다가 튀김옷을 입혀 튀겨 주었다. 또한 요즘 들어 좀 귀하게 된 망둥이나 빙어도 흔해서 자주 먹었던 것 같다.

그러다 전쟁이 터지고 물자가 부족해지자 일반 가정에 배급제가 실시됐다. 한 사람당 살 수 있는 쌀의 양을 정부에서 정해주었다. 당시 나는 열 살 정도였지만 어른과 같은 양의 쌀을 배급받았던 것으로 기억한다. 그것은 지금으로 쳐도 꽤 많은 양이었다.

현재 나는 도저히 하루에 그 만큼의 밥을 먹지 못한다. 그 이유는 간단한데, 요즘에는 반찬이나 먹을거리가 많아졌기 때문이다. 옛날에는 연어소금구이 한 토막으로 세끼를 먹을 정도로 반찬이 부족했기 때문에 그만큼 밥을 많이 먹어 배를 채웠다. 만약 무와 유부조림이 있었다면 그것도 괜찮은 반찬이라고 느꼈을 것이다.

전쟁 전, 전시, 전쟁 직후까지 우리는 그와 같이 극심히 빈곤한 생활을 했다. 물론 암거래 같은 비정상적인 방법으로 먹을거리를 조달할 수도 있었던 것으로 기억한다.

식료 부족은 처음에는 거의 아무 영향도 미치지 않는 것 같았는데, 얼마 안 있어 내게도 가벼운 영양실조 증세가 나타났다. 전쟁이 끝나던 해 5월, 당시 중2였던 나는 이시카와현 가나자와시로 피난을 가 공장 노동자로 동원되고 있었는데, 늘 피부병을 달고 살았다.

당시 여학생들은 구두를 신으면 황국 신민으로서의 본분과 임무를 지키지 않는 사람으로 취급되었기 때문에, 행여 서양식 구두를 갖고 있어도 신을 수 없고, 몸뻬에 게다를 신고 공장에 다녀야 했다. 내가 갖고 있던 게다는 약간 멋을 낸 것으로 오동나무로 만들어 무겁지도 않았고 사이즈도 잘 맞았지만, 그래도 버선 없이 게다만 신고 계속 걸었던 적은 없다. 엄지와 검지 발가락 사이는 금세 껍질이 벗겨졌고, 그것을 반창고로 싸고 다녀도 피부 짓무름이 좀체 낫지 않았다. 나중에 생각해보면 그것이 영양실조의 증상이었다.

그 밖에도 눈의 검은자와 흰자의 경계에 작은 돌기가 생겨 그것이 까끌까끌 돌아다니며 눈을 부시게 해 견디기 힘들었다. 단순한 눈병이 아니라 결핵의 초기 증상이었다는 것은 나중에 알았다.

당시 결핵은 매우 무서운 병이었다. 말기에 이르

면 거의 죽음을 면치 못했기 때문이다. 더군다나 말
기까지 가는 데는 오랜 세월 이른바 결핵 환자로서의
나날이 있을 텐데, 당시 일본 사람들이 입원을 하거
나 결핵요양소에서 지내는 호사를 누릴 수 있는 경우
는 드물었다.

그나마 나는 오후부터 미열이 나면서 나른해지는
것의 불편함만 참으면 그럭저럭 일상을 버텨나갈 수
있었다.

충분한 영양 공급으로 병을 예방한다

당시 내 주변에 도쿄대 수학과에 다니던 똑똑한
청년이 있었다. 그는 내게 수학을 가르쳐주었는데,
내가 도무지 이해를 못할 때는 그가 성질이 난다는
것을 나는 눈치챘다. 하지만 그는 나를 무시하지 않
고 임시 가정교사 역할을 해주었다.

그런데 한동안 만나지 않는 사이 그 사람이 결핵
말기 증상을 보여 회복이 불가능할 거라고 그의 어
머니가 우리 어머니에게 알려왔다.

나는 그때 겨우 열세 살이었고, 그동안 몇 달이 지
났는지 일 년이 지났는지 시간의 경과가 확실히 기
억나지 않지만, 우리 어머니는 그의 일을 퍽이나 마
음 아파했다. 어머니는 어느 날 나를 데리고 문병을

갔다.

　일반 사람들 사이에서도 결핵 말기 환자는 상당히 많은 균을 뱉어내 금세 옮을 수 있으니 환자 근처에는 가지 않는 것이 좋다는 말이 있었지만, 우리 어머니는 자기 몸 생각에 도리를 등한시하는 사람이 아니었다. 하긴 나는 아직 정신적으로 미숙해 한 사람이 죽어간다는 것이 어떤 것인지도 잘 몰랐던 때였다.

　어머니와 내가 그 사람 병문안을 가 병상 옆에서 2, 30분 있는 동안 그가 무슨 유언 비슷한 말을 해서 우리를 곤란하게 하는 일은 없었다. 다만 이 병문안의 결과는 아주 명확한 형태로 나타났다. 그때까지 매번 투베르쿨린을 주사해도 철저히 음성이었던 나의 반응이 그 다음번 검사부터 확연히 양성으로 바뀌었다. 말하자면 나는 가볍게 감염되었던 것이다.

　그 사람이 죽었다는 깊은 슬픔을 당시 열세 살 난 딸이 잘 몰랐던 것은 지금 생각하면 다행스러운 일이었지만, 어머니에게 그 무렵 가장 두려운 일은 딸이 결핵에 걸릴 가능성이었다. 당시만 해도 결핵에 효과가 있는 특효약은 알려지지 않았던 때였다.

　그래서 어머니는 가능한 한 내가 '영양에 충실한 식사'를 할 수 있도록 만전을 기했다. 그래 봐야 전

쟁 직후 암거래든 뭐든 구할 수 있는 것은 닭고기 정
도였기 때문에 어머니는 일주일에 한 번 정도는 닭
고기 버터구이를 내게 해주었다. 닭고기덮밥 정도야
자주 해주었지만, 그 외에 다른 닭고기 요리법은 버
터구이밖에 생각지 못했던 것 같다. 닭고기 버터구
이는 달걀과 비슷한 정도로 내 체력을 보전하는 데
도움이 됐다.

당시 그 증상에 의한 흔적은 그 후로도 계속 남아
지금도 가끔 폐에 작고 이상한 점이 보인다는 의사
의 말을 듣는 경우가 있다. 하지만 그것은 위험한 징
조는 아니고 옛 상흔 정도이며, 어떤 때는 사진에도
잘 찍히지 않았다.

다만 엑스레이에 찍힌 작은 폐의 변화는 전쟁 당시
내가 겪은 하나의 현실적인 기억이며, 동시에 우수한
한 청년이 사라졌다는 사실을 새삼 곱씹게 한다.

몸이 보내는 SOS에 민감해진다

1940년대 말, 시중에 물건들이 나돌기 시작하자
우리 가족의 머릿속에서 '영양을 섭취해야 한다'는
조급함이 사라졌고, 사회적으로도 먹고 싶은 건 돈
만 있으면 먹을 수 있다는 풍조가 만연하게 됐다.

나는 결혼 후 처음으로 나와 다른 식생활을 하던

사람과 살게 되었는데, 그는 어촌형 문화에서 자란 우리 어머니와는 전혀 다른 입맛을 가지고 있었다. 구체적으로 말하자면 내장 요리를 엄청 좋아했다.

남편이 말하길, 내장 요리는 자기 어머니에게서 비롯된 것이 아니라 와세다 대학에 다니던 그의 하나뿐인 누나가 친구들에게 배워온 요리였다. 당시 고기는 구하기 힘들어도 내장은 구할 수 있었다.

남편이나 나나 그 무렵 좋아하는 것을 양껏 먹었다. 소고기 같은 경우 한 번 먹으면 200그램, 어쩌면 더 먹었을지도 모른다. 우리 부부는 30대 후반부터 40대 무렵에는 하야마마치(가나가와현 미우라반도 서쪽 마을)에 작은 집을 사서 여름엔 그곳에서 지내곤 했다.

바비큐라는 말은 아직 들어본 적도 없는 시절이었지만 고기를 굽는 요리는 가장 간단했기 때문에 나는 매일같이 반찬으로 고기를 구웠다. 당시엔 아직 생야채를 곁들이는 습관은 없었던 것 같다. 고기에 곁들이는 야채로는 감자나 당근이 있지만, 그것도 매번 있는 건 아니었다. 즉, 고기반찬으로 배불리 먹을 수 있으면 그것으로 풍요로운 생활을 하는 것이라 믿었다. 당시 내가 영양학 지식이 없었냐 하면, 완전히 없었던 것도 아니지만 고기를 먹을 땐 야채를 곁들여야 한다든가, 야채에서 주로 비타민을 섭취한다든가 하는 균형 감각은 없었다.

그러던 어느 해 여름, 남편은 수영복을 입고 해변에 갈 때마다 맨 등을 신경 쓰기 시작했다. 뾰루지라고나 할까, 여드름 같은 것이 나서 좀체 낫지 않았던 것이다.

처음에 나는 "등을 제대로 씻지 않아서 그래."라며 대수롭지 않게 말했는데, 마침내 그 화농은 구멍 없는 종기 덩어리처럼 됐다. 우린 어떻게 고름을 빼야 할지 몰랐다. 자연스레 고름이 나오는 경우도 있었지만 금방 구멍이 아물어 안에 찬 고름이 나오지 않는 경우도 있었다.

그때 의외로 효과를 본 것이 삼백초를 붙이는 것이었다고 기억한다. 삼백초는 우리 집 정원 한구석에도 자라고 있는 잡초였는데, 그것을 씻어 물에 적신 일본 전통지에 싸서 불 위에 구우면 겉에 싼 종이가 다 타기 전에 안에 싼 삼백초가 절반쯤 녹은 듯한 상태가 된다. 그것을 환부에 붙이면 환부의 피부 일부에 구멍이 생기고 그곳으로 고름이 삐져나왔다.

이 방법은 피부과에 다니는 것보다 효과적이긴 했지만, 남편은 등의 상처를 부끄러워해서라기보다 그 종기를 징그럽게 여기고 주위 사람들이 불안해하면 안 된다는 이유로 수영장에는 일절 가지 않게 됐다. 그 대신 드넓은 바다라면 그래도 눈에 띄지 않을 것이고, 만에 하나라도 남에게 옮기지는 않을 거라 생각했다.

종기가 왜 생기는지 이유도 모른 채 남편은 여름에 미우라반도에만 오면 몸이 안 좋아지는 것 같다고 했다. 그것은 인간이 동물로 돌아간 순간으로, 나는 그 후에도 오랫동안 이런 말을 신경 쓰게 됐다.

원래 동물은 몸에 결핍이 있다고 느끼면 그 부족한 것을 자연 속에서 발견해 취한다. 토끼나 고양이를 키울 때 마당에 풀어놓으면 제 몸 안에 갖고 있던 벌레나 병, 또는 혈액의 이상 등을 알아차리고 그에 맞는 풀을 알아서 뜯어 먹는다고 했는데, 남편도 꼭 토끼나 고양이 수준으로 몸의 결핍을 느꼈던 것 같다.

몸이 쉬이 낫지 않을 때 인간은 겸허해진다

나는 비로소 고기 요리를 할 때 야채를 많이 곁들이지 않았음을 깨달았다. 해결 방법은 간단했다. 근처 가게에서 채소를 사오면 된다.

한방에서는 그 계절에 나는 것을 먹는 게 제일 좋다고 한다. 다시 말해서 더울 때는 수박이나 오이, 가지 등이 몸의 열을 내려준다. 그렇게 자연의 섭리에 맞는 것을 먹으라는 것이다.

그때 나는 토마토를 그냥 썰어 내거나, 가지조림, 호박조림, 오이 마요네즈 무침 등을 만들었는데, 대단한 것들은 아니지만 그래도 여름이 끝나갈 무렵 남편 등에 난 종기는 거의 가라앉았다.

이것은 지금 생각해도 신기한 일인데, 겸허해지기만 하면 토끼나 고양이 수준은 될 수 있다는 것이기도 하고, 그때 몸이 원하는 것을 섭취하는 것이 사실 식사의 기본이라는 것도 알 수 있다.

그 일을 계기로 나는 집 마당 한쪽에 텃밭을 만들었다. 일단 채소를 사러 나가는 게 성가셨다. 도시와 달리 당근이나 강낭콩이 필요할 경우 적어도 농협 매점이 있는 곳까지 가야 한다. 나는 소설 이외의 일들에 품 들이는 것을 아까워했기 때문에, 길바닥에 시간을 버리느니 마당에 직접 밭을 만들어 최소한의 채소를 조달해야겠다고 생각했다.

적당한 비료 배합 같은 건 생각하지 않았기 때문에 가을에 뿌린 잎채소는 수확량이 보잘것없었고, 당근도 싹이 날 때까지 충분한 수분을 유지해야 한다는 사실을 당시에는 몰라서 몇 개 못 거둔 걸 애먼 씨앗 탓만 했다.

그 당시 나는 매일 밤 머리가 안 돌아갈 지경으로 피곤해져 잠자리에 누우면, 잠이 들 때까지 한방 관련 서적을 읽는 버릇이 있었다. 덕분에 그 방면의 지식을 약간 습득할 수 있었기에, 이번엔 자기 전에 텃밭 가꾸기 책을 읽기 시작했다.

하지만 변덕이 심한 나는 곧잘 텃밭보다 화초 재배 쪽으로 마음이 움직였는데, '먹지도 못할 것엔 관심이 없다'는 우리 집 양반 때문에 나의 꽃 심기는 남몰래 진행되다 결국엔 들통이 나곤 했다.

하지만 앞서 말한 시원찮은 몸 상태 덕분에 나는 텃밭 채소 재배에 눈을 떴고, 그것이 결과적으로는 무농약과 유기농 재배로 이어지게 됐다.

약과 어떻게 잘 지낼까

건강하기만 한 육체는 좋지 않다

한 인간 안에는 대부분의 경우 건강한 부분과 병든 부분이 있다. 병든 요소가 전혀 없는 것이 좋은 것처럼 보이지만, 병을 앓은 적이 없는 사람은 오히려 원만한 사람이 아닐지도 모른다.

예전 대학생이었을 때, 나는 대학에서 소브르 앙투안 칸도라는 프랑스 철학자이자 신부님의 강의를 듣고 있었다. 매우 흥미롭고 생생한 지식과 발견으로 가득한 수업이었다. 그럼에도 나는 자주 수업 중에 졸았는데, 어느 날 문득 눈을 뜨니 칸도 신부님은 그야말로 느슨해진 나의 정신을 일깨우는 말씀을 하고 계셨다.

"일본에서도 건강한 정신은 건강한 육체에 깃든다고 믿는 듯한데 그건 잘못된 거예요. 프랑스에서는 '건강하기만 한 육체는 좋지 않다' 고 합니다. 그런 사람은 생각을 안 해요. 의문을 품고 판단을 내리는 일도 하지 않을 겁니다."

독특한 내용이었다. 졸음이 순식간에 흔적도 없이 사라졌다. 일생 동안 마음에 남을 진실은 이렇게 만나게 되었다.

나는 예전부터 손발이 차가웠다. 동상까지는 아니었지만 겨울에 손가락 끝이 트는 증상은 끊이지 않았다. 탕파 없이는 밤에 잠을 못 잤다.

나는 수도원이 운영하는 학교에서 교육을 받았기 때문에 사춘기 시절 아주 짧은 기간이었지만 수도 생활을 동경했던 때도 있었다. 그러나 그것을 실행할 시도조차 하지 않았던 것은 수도원에 들어가면 겨울밤 발이 시려 한숨도 못 잘 테니 그만두자고 판단했기 때문이다.

훗날 수도원에 들어가 수녀가 된 동급생들에게 이 이야기를 하면 대부분이 웃는다. '수도원에서도 발이 찬 사람에게는 탕파 정도는 준다' 는 것이었다. 탕파 때문에 수녀 생활을 후다닥 포기한 내가 얼마나 우스웠을까. 수녀가 되면 생활과 정신 자세도 달라져, 나는 밤에 탕파 없이도 잠들 수 있게 되었을지도 모른다.

참으로 시답잖은 이유로 나는 신앙과 인생의 중대한 결정을 그르쳤지만, 아마추어 식으로 말하면 나는 내가 피가 잘 안 통하는 체질이라는 것을 마음에 새겨두고 있었다. 뇌의 기능도 실제 건강도 모두 피의 흐름이 좋고 나쁨에 달려 있음을 나는 체험으로 느끼고 있었던 것이다.

인간의 몸과 마음은 끊임없이 배신을 되풀이한다

나는 40대 말쯤 어깨뭉침으로도 고생했기 때문에 혼자 한방 공부를 하기로 했다. 마침 그즈음 무릎도 아팠다. 나는 쉰셋부터 가끔 아프리카에 갔는데, 개발도상국에 갈 때는 적당한 식재료를 그때그때 구할 수 없는 그곳의 여건을 고려해 짐에 간단한 일식을 준비해 가는 경우도 많았다.

사실 우리 가족은 왠지 모르게 외국에서는 일식을 일절 먹지 않기로 하고 있었다. 외국에 가서까지 일본 요리가 아니면 불평하는 어설픈 정신 상태로는 외국 문화를 받아들이지 못한다. 당연히 일도 제대로 할 리 없다. 게다가 동남아시아 등지에서는 일식집이 상당히 비쌌다. 나는 어느 정도 음식을 만들 줄 알았기 때문에 이까짓 반찬에 이런 돈을 지불하는 것은 싫었고, 자연히 현지 음식을 선택하게 됐다. 그뿐만 아니라 사람은 그 고장에서 난 산물로 조리한 것을 먹으면 영양적으로 불균형이 없다는 주장을 어딘가에서 읽고 그 생각에 동의하고 있었다.

그렇게 일본 요리를 먹고 싶으면 외국에 나가지 말고 일본에 있으면 된다. 나는 내 아이에게도 이 원칙을 고수했다. 아들이 아직 초등학교 저학년이었을 때, 우리 부부는 약간 감기 기운이 있는 아이를 데리고 태국에 간 적이 있다. 방콕 공항에 내리자마자 아이는 주위에 감도는 코코넛밀크, 고수, 망고 등 강렬한 동남아시아 식품 냄새에 휘둘려 식사를 전혀 할 수 없게 되어버렸다.

그날 밤 우리는 어쩔 수 없이 방콕의 일식집에서 식사를 했다. 그러자 아들은 눈물을 약간 글썽이며 "내가 오늘 몸이 안 좋아서 여기 밥을 못 먹는 거야. 나으면 바로 태국 밥을 먹을 수 있을 거야."라고 변명했다.

아이라서 그렇게 생각했던 것이다. 지금 생각하면 어린애에게 무리한 처사가 아니었나 싶기도 하다. 일단 외국에 가선 그 나라 음식을 먹는 것을 규칙으로 삼긴 했지만, 사람의 건강을 해치면서까지

지킬 정도로 강제적인 것은 아니다. 하지만 그때는 아이가 아직 어렸기 때문에 그런 융통성 있는 해석이 안 되었던 것 같다. 이처럼 우리 집의 외국 문화에 대한 훈련은 꽤 엄격한 면도 있었다.

나 자신도 당연히 외국에 나가면 원칙적으로 식사는 현지식이라는 우리 집 규칙을 지키긴 했지만, 동행자가 있는 단체 여행의 경우 일식 같은 것을 먹고 인간적으로 심신을 쉬게 할 필요도 있다는 것은 잘 알고 있다.

인간적이라는 말은 규칙에 얽매이지 않는 자유를 확보하는 일이다. 인간은 종이에 적힌 대로 반응하지 않고 끊임없이 변칙적으로 배신을 되풀이한다. 그것이 기계와는 다른 인간성이라고 해야 할 매력이기도 하다.

해외에 나가 이따금 밥을 짓고 통조림을 따서 끼니를 해결하는 여행을 할 때, 우리는 주기적으로 식재료가 얼마나 남았는지를 점검했다. 가방을 정리해 와사비나 김, 매실장아찌 같은 '자질구레한 식품'을 금방 꺼낼 수 있게 해놓지 않으면 가져온 보람이 없다.

우리는 밤마다 호텔방 바닥에 가방을 펼치고 남은 물품들을 점검하고 정리했다. 잘 챙겨서 여행 마지막 날까지 남기지 않고 먹는 것도 일종의 여행 기술이다. 그런 정리 자세를 취하면서 나는 무릎 통증을 느끼게 됐다. 그것은 실로 불편한 일이 아닐 수 없었다.

자신에게 맞는 치료법을 스스로 찾는다

나는 일본에 돌아오자마자 정형외과에 가 진찰을 받았다. 딱 쉰이 되었을 때였다. 의사가 엑스선 촬영 사진을 보더니 무릎에 작은 변형이 생겼다며 "하지만 연세가 있으시니까요."라고 덧붙였다. 바꿔 말하면, 낫지 않는다는 소리다. 어머니도 비슷한 증상을 보인 적이 있기 때문에 나는 그다지 충격을 받진 않았다.

이 세상 많은 일들은 스스로 해결할 수밖에 없다. 병원이나 의사가 가망이 없다며 포기했다고 화를 내는 사람도 있지만, 끝에 가서는 자기 나름대로의 치료 방법을 찾을 수도 있다. 나는 온몸의 혈액순환을 좋게 하는 한약을 먹기 시작했다.

제대로라면 한의사가 지어준 마른풀 같은 생약을 집에서 약탕기에 달여 먹는다. 그러나 나는 냄새에 민감한 데다 한약을 오랜 기간 집 안에서 달이다보면 온 집 안에 그 냄새가 밴다는 것도 알고 있었다.

나는 그것이 싫었고, 내가 먹으려던 계지복령환(桂枝茯   丸)이라는 약은 혈액이 뭉쳐서 생기는 어혈을 없애는 순한 약인데 약국에서도 팔기 때문에 품 들이지 않고 계속 사서 복용하기로 했다.

한약의 특징 중 하나는 결과가 빨리 나타나지 않는다는 것이다. 내가 체험한바 최소한 5주는 꾸준히 먹어야 효과가 나타난다. 이 정도 참을성이 없는 사람은 한약이 맞지 않을 것이다.

그런 점에서 느긋한 나는 한약이 맞았다. 한 달 반 정도 지났을 때 문득 정신을 차리고보니 쭈그리고 앉는 것을 자유롭게 할 수 있게 되어 있었다.

몸은 늘 그 사람에게 말을 걸고 있다

여기서는 간단히 결론을 말했지만, 여유를 갖고 체질부터 바꾼다는 자세가 한약의 본질일 것이다. 나는 근대 서양의학 덕에 어릴 때부터 여러 번 병을 치료했고, 양쪽 발목이 부러졌을 때도 수술을 해서 원상으로 돌아가 걸을 수 있게 됐다. 그러니 여기서 내가 양약을 부정하려는 것은 결코 아니다. 그러나 특정 질병에 걸리기 쉬운 체질이란 또 다른 것이다. 그것을 바로잡고자 할 땐 한방이 제격이라 믿는다.

의사들은 아무리 성격이 고약한 환자라도 일단

병이 나으면 기쁠 것이다. 하지만 병을 고친다는 일종의 '사업'은 의료 관계자와 환자가 연계된 일이다. 영양을 적절히 보충하는 것이나 몸을 청결하게 유지하는 것, 무엇보다 그 환자에게 살아갈 의욕이 없으면 나을 병도 낫지 않는다. 그와 같은 2차적 지원을 해주는 하나의 열쇠가 한약이라고 나는 믿었던 것이다. 한약도 처방받으려면 면허를 가진 전문가의 도움을 받는 게 당연하다.

그러나 한약은 어차피 식물이 주를 이루기 때문에 독성이 있는 것만 알고 있으면 그다지 피해는 없다. 무엇보다 시중에 판매되는 한약은 모두, 일단 그러한 위험성이 약한 것을 확인한 것들이다. 앞서 말한 계지복령환이라는 약은 독성이 있는 재료가 전혀 포함되지 않은 약이라고 되어 있었기 때문에 나는 안심하고 복용했다.

하지만 나도 과거에 몇 차례 한약의 대가를 찾아간 적이 있다. 그리고 그중 한 명에게 지금도 기억에 남는 말을 들었다.

"그 약이 몸에 맞는지 아닌지는, 먹기 시작한 다음 날 아침에 일어났을 때 '아, 오늘도 약을 먹어야지'라는 생각이 든다면 된 것이오."

몸은 늘 그 사람에게 말을 걸고 있다. 약의 양 또

한 미묘하다. 하루 여섯 알이라고 복용량이 정해져
있어도, 속이 편치 않으면 한 알쯤 덜 먹는 융통성이
통하는 것이 한약이다.

먹지 않음으로써 건강을 찾을 때도 있다

✦

건강에 대한 고정관념들에 대한 반론

나이를 먹으면 행동이나 사고에서 중용을 지키기 어려운데, 남편과 나를 보더라도 서로 반대 방향으로 치우쳐 있는 것 같다.

남편은 약을 아주 좋아한다. 원래는 식후에 먹어야 하는 약을 식전에 미리 먹는다. 예전엔 그런 것 하나하나에 주의를 주었지만 요즘 나는 그러지 않는다. 아이든 어른이든 노인이든 자신의 운명은 어느 정도 스스로 관리할 수밖에 없다고 생각하기 때문이다.

나는 약이란 원칙적으로 독이라고 생각한다. 특히 화학적 공정을 거쳐 만들어진 약은 복용하지 않는 게 좋다고 느낀다. 예전에는 독감에 걸리면 꼭 병원에 가서 항생제를 처방받아 섭취해야 낫는다고 믿었다.

그런데 독감 바이러스에 항생제가 듣지 않는다는 것을 안 다음부터는 그저 몸을 따듯하게 하고 푹 잔다. 하루하루 쌓이는 과로가 몸에 제일 나쁘다는 것을 안 다음부터는 게으름을 피우는 것이야말로 약이라 생각하는 것이다.

나는 젊어서부터 꽤 몸을 혹사시키며 살아왔다. 젊은 작가는 등단 직후 많은 작품을 써내야 하는 시기가 있다. 그것을 해내지 못하면 작가로서 자유롭게 창작의 템포를 선택할 수 없게 된다.

등단 당시에는 지금만큼 쓰는 속도가 붙지 않았기 때문에, 여행이라도 갈라치면 그 전날까지 밤을 새워가며 글을 썼다. 아이도 어리고 시부모도 바로 옆에 살았기 때문에, 나는 남들이 작가 하면 떠올리듯 책상 앞에 자리 잡고 앉아 가끔 누가 날라다주는 차나 마시며 원고를 쓰는 생활을 한 적이 없다.

여행에 나서면 침대차 안에서 몸에 열이 나곤 했다. 전날 밤 거의 한숨도 자지 않고 원고를 쓰다 집을 나왔기 때문에 피곤이 몰려든 것이다.

지금과는 달리 팩스나 메일이 없는 시절이었기 때문에 마무리가 덜 된 원고는 여행지에서 마저 써

서 '객차편' 이니 '열차편' 이니 하는 이름의 특정 차
량에 실어 전달하는 시스템이 있었다.

세상에는 한순간이라도 몸에 좋지 않다는 일은
하지 않는 사람도 있다. 하지만 나는 과거를 돌이켜
봤을 때 무리하고 엉망진창이며 불결하고 건강에 조
심하지 않는 생활을 견뎌낸 순간들이 쌓인 위에 오
늘날 내 건강도 행복도 있는 것이라는 기분이 든다.

학습이란 모든 상황에서 의미를 발견하는 것

내가 열 살 때 태평양 전쟁이 시작됐다. 처음 한동
안은 먹을 게 없어 굶을 정도는 아니었지만, 종전을
앞둔 1945년경 일본의 빈곤은 현대 일본인들로서는
상상도 하기 힘들 정도였다. 쌀, 빵, 국수 등 끼니가
될 만한 어떤 것도 쉽게 구할 수 없었다. 석유와 설
탕은 귀중품이었다. 달달한 과자, 초콜릿, 바나나 같
은 것은 특권층 외엔 입에 댈 수 없었기 때문에 어쩌
다 배급받은 밀가루와 설탕, 기름으로 어머니가 만
들어주신 도넛은 그야말로 천국의 맛이었다.

연료가 다 떨어질 무렵엔 집에서 목욕하는 횟수
도 제한됐다. 그러니까 우리는 그 전 생활과 비교하
면 불결할 수밖에 없었다. 그래도 나는 살아남았다.
세균투성이가 됐다고 병에 걸리는 것도 아니니, '더

럽다고 죽는 건 아니다' 라는 것을 알게 되었다.

어린 시절 나는 비정상적으로 결벽이 있던 어머니 덕분에 늘 손가락을 알코올 솜으로 소독한 다음 밥을 먹었지만, 전쟁 통에 공습이 있어 밤새도록 낯선 거리를 도망 다니며 얼굴도 손도 더러워진 채 배낭에 들어 있던 매실장아찌가 들어간 주먹밥을 꺼내 허겁지겁 먹은 적도 있다. 그래도 탈이 나지는 않았다.

이와 같은 이력이랄까 경험이 없었다면 나는 중년 이후 사막에 갈 결단을 내리지 못했을 것이고, 아프리카 오지로 들어가려고도 하지 않았을 것이다. 학습이란 체험 그 자체이다. 그리고 어쩌면 학습이란 모든 상황에서 나름의 의미를 찾는 방법을 아는 것이다.

집집마다 수도가 있고 도시뿐만 아니라 시골 길도 거의 포장되어 있는 일본과 달리, 아프리카의 마을 길은 흙길 그 자체라 자동차가 달리거나 염소 떼가 달려갈 때마다 흙먼지가 날린다. 그곳을 지나거나 그런 길에 인접한 식당에서 식사를 하기도 했던 우리는 자연히 그 흙먼지를 뒤집어쓰게 된다.

그런 환경 속에서 나는 꽤 소심하게 내 나름대로 내 몸을 지키는 습관이 생긴 것 같다. 나는 어느새 아프리카에 가기 한두 달 전부터 나를 불결한 상황에 익숙해지도록 노출시켰다. 돈을 만진 손으로 식사를 한다. 파리가 앉았던 음식도 먹는다. 의학적으로 정확하게 말할 수는 없지만, 나는 출발 전부터 조금 의도적으로 잡균이 몸에 들어오는 생활에 나를 노출시키려고 했던 것이다.

의학적으로는 정확하게 표현할 수 없지만, 이런 것을 의미 있는 과정이라고 말한 의사도 있었다.

식사 중에 물을 마시면 위산이 묽어진다

그러다 현지에 도착하면 나는 원시적인 행동으로 나 자신을 지켜야 할 때도 있었다. 평소 나는 먹는 양이 꽤 되는 편이었다. 요즘은 나이를 먹어 양이 훅 줄었지만 중년까지는 뭐든 맛있게 남들보다 먼저 빨리 많이 먹는 편이었던 것 같다.

하지만 개발도상국에 가면 먹는 양을 평상시의 80퍼센트 정도로 줄여왔다. 균이 침범하는 걸 막는 건 무리지만, 섭취량이 줄면 발생 빈도를 줄일 수 있을지도 모른다고 생각했다.

남편은 전쟁 말기 학도병으로 동원되어 두 달 정도 2등병 생활을 했다. 학도병들은 일정 기간 후 사관후보생으로 임관하는데, 얼마 안 있어 전쟁이 끝났기 때문에 남편은 2등병으로 제대했다. 하지만 그 덕에 귀중한 체험과 지식을 얻었다고 했다. 그중 하나가 청결하지 않은 환경 속에서 물을 마시는 방법이었다.

"식전, 식사 중, 식후에 물을 마시지 말 것."

"그럼 언제 마셔야 해?"

"끼니와 끼니 사이에 마시면 돼."

보통 퇴근 후 저녁 식사 전 맥주를 한 잔 기울이는 사람이 많을 것이다. 최근에는 어느 나라에서나 맥주는 일단 상당히 엄격한 위생 설비를 갖춘 곳에서 만들어진다. 하지만 병이나 캔의 겉면, 업소에서 제공하는 컵의 위생까지 신뢰할 수는 없다. 빨대는 속이나 겉이나 먼지투성이고, 때로는 벌레 소굴이다.

전문가의 말에 따르면, 위산이란 것은 상당히 강한 살균 효과를 갖고 있어 산에 약한 콜레라균 등을 죽일 수 있단다. 우리가 외국에서 매실장아찌를 먹고 매실 엑기스를 복용하면 좋다고 하는 것은 위산 분비를 촉진시키기 때문이다.

그러나 식사 중에 물을 마시면 위산이 희석되기 때문에 효과가 떨어진다. 개발도상국에 머물 때는 평소 때처럼 많이 먹지 말고 식후 몇 분 지난 후에 차를 마시는 습관을 들여야 했다. 그런데도 나는 너무 더운 날씨와 갈증을 견디지 못해 매번 오렌지주스를 한 잔 먼저 마시고 싶다는 충동이 일었다. 밥보다 그 욕구를 억누르기가 더 힘들었다.

내 몸 보호를 위해 잔꾀도 필요하다

나는 해외에 머물 때 별로 아픈 적이 없다. 그것은 여행 중에 몸 상태가 나빠지면 제일 먼저 나 자신이 괴롭고, 그다음으로 동행자들에게 큰 폐를 끼치기 때문에 늘 조심하고 긴장했기 때문이다. 일단 나는 필요 이상으로 먹거나 마시지 않았다.

식사는 단순히 육체적으로 체력을 보충하고 유지하는 것만이 아니다. 식사는 내게 사는 즐거움일 뿐만 아니라, 뭔가를 먹을 때 세상살이에 관련된 여러 부분의 의미까지도 생각하게 한다.

한번은 서른 명 정도 되는 단체에 끼어 이집트에 간 적이 있다. 카이로에서는 세계적으로 유명한 일류 호텔에 묵었는데, 일행 중 이십 여 명이 벌써 설사 증세를 보였다. 나는 아무 이상 없었다.

일행 중 미국에서 태어나 미국 국적을 가진 일본계 미국인 여성이 있었다. 그 여자가 나와 함께 해질 녘 피라미드를 바라보다가 이상하다는 듯이 물었다.

"왜 일본 사람들은 아프기 전에 예방약을 먹지 않나요?"

"무슨 뜻인가요?" 하고 나는 물었다.

"미국에서는 위생적이지 않은 나라에 갈 때는 출국 전날부터 귀국 다음 날까지 복용하는 예방약이 있어요. 그걸 먹어두면 최소한 설사 같은 건 하지 않지요. 미국 사람들은 다 먹어요. 당연히 군대 같은 데에서도 모두들 복용하겠지요."

"일본에서는 아마 그러지 못할 거예요. 예방약을 복용하는 것은 말라리아 같은 분명한 질병을 목적으로 했을 경우에 한하죠. 저는 외국에서 사 먹었지만 말라리아 예방약도 설사를 방지하는 약도 일본 내에서는 구하지 않아요. 게다가 일본 사람들은 상대 나라를 위생적이지 않은 나라로 단정 짓는 것을 실례라고 생각해요." 하고 내가 말했다.

"어머나!"

그 여자는 기가 막히다는 듯 감탄사를 흘렸다. 몸을 지키는 것도, 국가 기관이 그것을 지키는 것도, 인간이 함께 살기 위해서는 당연하다고 생각하는 자세가 거기서 엿보였다.

나는 그 후로 내 몸을 보호할 수작으로 제법 잔꾀를 부리게 되었다. 아프리카 시골 마을의 식당에서 끼니를 해결하는 일도 종종 있었다. 마을에서 제일 좋다는 레스토랑인데도 파리가 날아다니고 테이블

위는 먼지투성이였다.

식당 주인은 요리가 나올 때까지 우리 손님들의 배고픔을 달래주기 위해 근처 테이블에 있던, 얇게 구운 아랍식 빵을 담은 바구니를 가져다주었다. 빵 겉에는 가축의 마른 배설물이 섞인 먼지가 달라붙어 있었다. 말하자면 파리의 소파 대용으로도 쓰였던 빵이다.

나는 그런 경우 보통 일본에서는 가졌을 상대에 대한 배려심 따위는 버리고 이기적으로 변한다. 일단 맨 위에 있는 빵은 집지 않았다. 쌓여 있는 빵 중 아래쪽에 있는 것을 뽑아 먹었다. 그러면 파리가 날아와 앉았을 확률도 가축의 분변 먼지가 묻었을 확률도 낮아진다.

변명을 하자면, 일본에서 나는 결코 그렇게 속이 빤히 보이는 행동은 하지 않았다. 일본에서 나는 내온 음식에서 시든 것, 모양이 망가진 것, 가장자리 부분을 먹는 게 보통이었다. 보통의 주부라면 대개 그렇게 하지 않을까?

그러나 아프리카에서는 누구나 나처럼 아래쪽에 있는 빵을 뽑아 먹는다. 맨 위의 먼지와 균을 뒤집어쓴 빵은 누가 먹느냐면, 태어나 지금까지 손을 씻은 횟수를 꼽을 수 있을 만한 그 동네 남자나, 아무

경계심이 없고 착하지만 불운한 일본인 여행객이
먹는다.

하지만 그렇더라도 인간에게는 운이라는 게 있
다. 그렇게 잡균을 뒤집어쓴 빵을 먹어도 탈이 안 나
는 사람도 있으니 말이다.

결국 그런 식으로 나는 내가 도덕적인 인간이라
는 착각을 말끔히 버렸지만, 그것은 내게 일종의 교
훈이 되었던 것 같다. 인간은 누구나 민낯의 자신과
대면해야 할 의무를 갖고 있기 때문이다.

때로는 적게 먹는 지혜를 발휘한다

개발도상국에서 병이 났을 경우, 그곳이 그나마
수도라면 여행자들도 의사의 진찰을 받을 가능성이
높다. 하지만 50년 전 인도의 아그라는 타지마할 유
적을 남긴 무굴 왕조의 수도로 관광 명소였음에도
불구하고, 의료 시설은 낙후된 땅이었다.

나는 그곳에서 먼지 때문에 두 눈의 각막에 심한
손상을 입어 밤새 통증에 시달렸는데 나를 안과의나
외과의에게 안내해줄 사람도, 항생물질이 든 안약을
갖고 있는 사람도 없었다.

그날 밤 나는 이러다 그냥 실명하는 것은 아닐까
하는 생각에 두려웠지만, 다음 날 아침 살짝이나마

눈을 뜰 수 있게 되었고, 다음 여행부터는 꼭 안약을 준비해야지 하는 생각이 들 정도로 냉정해질 수 있었다.

지식은 죽기 전까지 배우면 되지만, 병의 원인을 알아내는 작업은 백 퍼센트 체험으로 깨칠 수밖에 없다.

개발도상국에서 설사를 하는 경우 지켜야 할 원칙은 의외로 단순한 것이었다. 즉각 수분을 취하고 그 외에는 단식하는 것이다. 수분은 몸에서 빠져나온 만큼만 보충하면 탈수로 죽지는 않는다. 그 경우 단순히 깨끗한 물뿐만 아니라 반드시 염분도 첨가한다. 소위 스포츠 음료로 알려진 것을 마시면 된다.

그리고 24시간 동안은 절대 설사약을 먹으면 안 된다. 몸 안의 균을 비롯한 나쁜 물질을 가능한 한 전부 배출할 필요가 있다. 그렇게 꼬박 하루 정도 속을 비운 후에 설사약이 필요하면 먹는다. 꼭 일본 제약회사에서 만든 약이 아니어도 현지에서 사람들이 먹는 약이면 대개 효과가 있다.

생각해보면 단순한 일이었다. 몸에 독성이라고 생각되는 것은 한시라도 빨리 배출하고 그러는 동안 손상된 장기를 쉬게 한다. 그러려면 적게 먹는 것이 중요하다.

나의 어머니도 나도, 다른 사람에게 "많이 드시고 체력을 기르셔야지요." 하고 곧잘 말한다. 그러나 현실에는 먹지 않음으로써 얻을 수 있는 건강도 정말 많다.

인간으로서 최소한의 조건

'타고난 체질'에서 벗어날 수 없다

세상에는 우울한 사람이 많다. 옛날 사람들은 그것을 신경쇠약이라고 했고, 어떤 사람들은 그것을 본인의 꾀병이라고 생각하고, 몸이 약해지면 마음도 약해진다고 생각하는 사람도 있었다. 인간이 왜 우울해지는지 지금도 의학적으로는 그 이유가 완전히 규명되지 않은 것 같다.

'타고난 체질'이라는 표현은 매우 무책임한 것으로 거기에 좌우되어서는 안 된다고 생각하지만, 그 제약에서 완전히 벗어날 수도 없다고 생각한다. 어디까지나 비전문가의 생각이지만, 혈압이 높은 사람은 건강하고 세상의 일도 긍정적으로 생각하는 편이다. 늘 향상심이 가득하다. 그에 반해 혈압이 낮은 체질은 늘 쳐져 있다. 아침 일찍 못 일어난다. 그 대신 밤이 되면 조금 기운이 난다.

체질은 기본적으로 바꿀 수 없는 것이지만, 훈련하기에 따라 조금은 바뀌기도 한다. 나는 옛날에 자동차 안에서 책을 읽으면 금방 속이 안 좋아졌다. 누구나 그렇다고 말하는 사람도 있었고, 난시 때문 아니냐며 동정해주는 사람도 있었다.

나는 바쁘게 살았기 때문에 어리석은 일인 걸 알면서도 거의 쉼 없이 일했다. 기차 안에서 연재소설 사흘분을 쓰는 건 기본이고, 발 지압을 받으면서 원고 교정을 봤다. 그 외에도 일단 주부였기에 집안일도 했고, 사실 집 안 정리하는 걸 좋아하기도 했다. 이렇게 분초를 아끼며 사는 생활이 그다지 좋은 건 아니지만, 나도 극한 생활을 할 수 있다는 일종의 자신감을 주었다.

그 비결은 '할 수 없다고 단정짓지 않는 것'이었다. 할 수 없을지도 모르지만, 할 수 있을지도 모른다. 자신의 성격이나 체질은 좀처럼 바꿀 수 없지만, 조금은 바꾸도록 무리를 하는 것도 괜찮다.

인간은 외부 공격에 맞서 싸워야 한다

얼마 전 광고회사 덴쓰(電通)에 근무하던 젊은 여성이 과로를 견디다 못해 자살했다. 자세한 경위는 모르니 남들에게는 뭐라고 말할 수 없는 문제이고, 딸을 잃은 부모의 심정을 생각하면 남이 무슨 말을 하기에도 꺼림칙하다.

그러나 앞으로도 계속될 다른 젊은 사람들의 소중한 생애를 생각하면, "불쌍하다. 그런 혹독한 일을 시킨 덴쓰가 나쁘다."라고 말할 수도 없다. 발표된 내용만 보면, 이 경우 신입사원을 궁지로 몰아넣은 것은 회사 측으로 보인다. 하지만 상대가 누구든, 사람은 누구나 공격해오는 외세에 맞서 싸워야 한다.

나는 아프리카 같은 곳의 야생 생물의 세계를 그린 TV 프로그램을 자주 보는데, 사자에게 습격당한 동물들은 거의 살아남을 가능성이 없음에도 끝까지 싸운다. 인간은 동물과 달리 갑자기 목숨을 빼앗기는 일은 없다. 죽음에 이르기까지 상황별로 피할 방법이 있다.

덴쓰 사례가 나왔기 때문에 그대로 그 예를 드는 것이긴 하지만, 사실 나는 덴쓰라는 회사에 관해 그다지 자세히는 모른다. 어쩌면 나와 비슷한 사람들이 대부분일 테니, 그런 유명한 회사에 들어가고 싶다면 입사 전에 먼저 그 회사에 대한 평판을 철저히 조사해봐야 할 것이다.

나는 가족이나 지인들 중에도 덴쓰에 다니는 사람이 없어서 오히려 부담 없이 말할 수 있는데, 덴쓰는 근무 시간이 길기로 이전부터 세간에서는 유명한 회사였다. 소문으로는 (이렇게 말하면 아마도 사실과는 차이가 있겠지만) 아침 8시 전 출근 후 바로 회의가 있고 9시가 되기도 전에 일제히 자신이 담당하는 거래처에 전화를 걸기 시작한다. 정시 퇴근은 언감생심, 당일 퇴근하지 못하는 사람이 부지기수란다.

나는 여유를 갖고 일하는 걸 좋아하기 때문에 9시 되기가 무섭게 전화를 걸어대는 회사는 '너무 안달을 해 같이 일하기 피곤할 거 같네.' 라고 생각할 것 같기도 하다. 그러나 세상에는 이 회사는 늘 열심이다, 자신이 있는 회사의 광고를 받고 싶어 한다고 해서 자부심을 느끼는 사람이 있을지도 모른다.

나는 전에 근무하던 재단에서 대형 광고회사 사람들과 접촉할 기회가 있었다. 연간 광고비 예산은 나 같은 비전문가는 생각할 수도 없는 금액이었다. 천만 단위가 아니라 억 단위다.

재단의 예산 자체가 수백억이기 때문에 사람들은

당연하다고 생각할지 모르나, 제품의 매출을 목적으로 하는 것도 아닌 복지 목적을 가진 재단이 어째서 홍보에 거액의 비용을 들여야 하는지 이해할 수 없었다. 그래서 나는 우선 홍보비 예산부터 삭감하기로 했던 기억이 있다.

수많은 광고회사 중 덴쓰는 업계 1위의 회사라는 세평과 자부심이 있었을 것이다. 거기에 만족하지 않고 늘 엄격한 규율과 철저한 노력을 해온 점은 높이 사나, 뭐든 일등을 유지하려고 무리하다보면 인간성을 상실하게 된다.

회사는 결혼 상대와 달리 마음만 먹으면 관계를 해소할 수 있다

나는 지금도 덴쓰의 직원이 광고 시안을 들고 재단을 방문했을 때의 모습을 잘 기억하고 있다. 큰 원화를 몇 장 들고 오는 것은 다른 회사들도 마찬가지지만, 덴쓰는 유독 많은 사람들이 동원됐다. 세부적인 기억은 희미한데, 약 열 명 또는 그 이상의 사람들이 줄지어 나타났다.

그런 과장스러운 퍼포먼스에 익숙지 않은 나는 언젠가는 결국 덴쓰 측에 말한 적이 있다.

"광고 시안을 들고 오시려면 무거울 테니 젊은 직

원을 대동하는 게 이해되지만, 이렇게 많은 분들이
오시면 이쪽에서도 부담이고 사측도 낭비인 것 같아
요. 앞으로는 꼭 필요한 인원만 와주시겠어요?"

많은 인원이 움직이면 그만큼 인건비가 든다. 이
동을 위한 자동차 수도 늘어난다. 덴쓰 정도의 회사
라면 못해도 열 명 정도의 직원들이 와서 이 광고가
만들어진 의도를 설명하는 게 당연할지도 모르겠다.

다시 말해서 덴쓰는 업계 1위라는 평판이라든지
실적이라든지, 그 일의 프레젠테이션에 집착하는 회
사다. 그런 회사에 들어가려는 입사 희망자들은 그
런 점까지 알아야 할 것이다.

그래서 좋은 회사다, 꼭 그런 회사에 입사하고 싶
다고 생각하는 사람도 있을 것이다. 그러나 지금 이
세상에서 뭐든 눈에 띄게 가장 좋다는 지위를 확보
한 회사는 아무래도 자신의 성격에 맞지 않는다고
생각한다면, 그런 회사에 응시하는 것은 피할 수 있
었을 것이다. 평생 다닐 회사를 선택할 때는 남들이
나 세상의 평판에 좌우될 게 아니라 자기 스스로 알
아봐야 한다.

인생은 복잡하다. 자신을 위한 자유시간을 얼마
나 원하는지, 주어진 시간을 어떻게 쓸지는 사람마
다 다르다. 그렇기에 회사도 신중히 선택해야 한다.

다만 회사는 결혼 상대와 다르다. 결혼은 그 관계를 해소하기가 간단치 않지만, 회사는 그 입구에서 멈춰서 간단히 돌아설 수도 있고, 가던 걸음을 멈출 수도 있으며, 중간에라도 경제적 손실을 각오하면 대부분 큰 문제 없이 그만둘 수 있다.

자신의 몸과 마음은 스스로 지켜야 한다

가령 어떤 사람이 회사가 제시한 고액 연봉에 눈이 멀어 '돈 때문에' 그곳에서 일하고 있다면, 그 사람은 스스로 회사를 그만두려고는 하지 않을 것이다. 더군다나 그 사람의 집에 고액의 치료비가 드는 환자라도 있으면 아무리 힘든 노동조건에서도 회사를 그만둘 생각은 하지 않을 것이다. 그것은 결코 좋은 일이라 볼 수 없으며, 일본 전체가 가난했던 시절에는 그와 같은 사회 환경이 《여공애사(女工哀史)》(1925년 간행된 책으로 호소이 와키조(細井和喜藏)가 비참한 환경의 여공들을 인터뷰한 르포집)라 부를 정도로 가혹한 노동조건을 만들었다.

그러나 현대에는 누구나 마음만 먹으면 스스로 조건을 선택할 수 있다. 그렇다고 해서 모두가 최상의 조건을 선택할 수는 없을 것이다. 하지만 보다 나은 삶을 선택할 수는 있다.

그 결정권을 갖는 것은 개인의 몸과 정신이다. 그 부분은 다른 누구의 지시를 받지 않아도 된다. 문부과학성 관할도 아니고 후생노동성 규제 범주에 드는 것도 아니다. 당사자가 성인이라면 설사 부모라 하더라도 이래라저래라 할 문제가 아니다.

최근 일본에는 스무 살이 넘어도 자립 못하는 사람들이 많다. 자신을 지켜나가는 것은 사실 개인의 책임이다.

나의 일상생활은 대부분 서재에서 이루어지지만 밖으로 나가면 나 자신의 안전을 확보하고 목숨을 지킬 것은 나밖에 없다는 것을 안다. 하지만 현재 일본인들은 국가가 자신의 생명, 안전, 건강, 재산을 보전해줄 거라 생각한다.

그뿐만 아니라 '약자에게 인정을 베푸는 것이 당연'하며 그런 이들은 지켜줘야 한다고 믿는 사람들도 있다.

그러나 나는 생각한다. 국가 따위는 믿지 않는 게 현명하다. 공무원이나 교사나 국민들 한 사람 한 사람을 굽어살필 만큼 한가하지 않다. 아무리 약해도, 병이 들었어도, 가능한 한 자신의 몸은 자기가 지키고 자기 문제는 스스로 해결하는 게 당연하다고 인식하는 것이 인간으로서 최소한의 조건 아닐까.

몸을 경영한다는 것

✦

인간의 예상대로 되는 것은 없다

남편 미우라 슈몬(三浦朱門)은 2017년 2월 3일 새벽녘 삶을 마감했다. 나는 그 1년여 전부터 집에서 남편 수발을 들고 마지막 8일은 병원에서 돌보았다. 마지막 1년 1개월 동안 나는 나의 정서적 안녕을 지키기 위해 필요하다고 생각되는 만큼 놓았지만, 밖으로 나가야 하는 일은 거의 거절했다. 사실 내 성격이 이렇게까지 바깥출입을 싫어했었나 싶은 면도 있다.

나는 원래 '뭐든 한결같이'라는 자세를 좋아하지 않았다. '적당히' '불순'을 좋아했다. 그럭저럭 하고 있다는 느낌을 좋아했다. 그래서 나는 남편을 위해 헌신적인 간병인으로 보이는 것이나 나 스스로 그렇게 느끼는 것을 오히려 경계했다. 그것은 나답지 않은 것이며 몸져누운 남편에게 심리적 부담을 줄 수도 있다.

1년 1개월 사이에 며느리와 교대하고 2주 동안 휴가차 남프랑스에 간 적이 있다. 하지만 내 몸 역시 피곤했기 때문에 친구의 집에서 신세를 지며 근처로 잠깐 드라이브를 가거나 마을 산책을 하는 정도였다. 워낙 다리 상태가 좋지 않아 최근 나는 그렇게라도 걷지 않으면 아예 주저앉을 것 같아 무섭기도 하다.

나는 장기전에 들더라도 남편이 집에서 요양하길 원했다. 남편이 집을 좋아해 줄곧 집에서 죽고 싶다고 말한 이유도 있다. 하지만 마지막 일주일은 혈중 산소 농도가 떨어져 병원으로 옮겨야 했다. 뭐든 인간의 예측대로는 되지 않는 법이다.

그러나 자신을 사랑하는 사람들의 시선 속에서 운명의 변화를 맞는 것 또한 나쁘지 않았다. 남편은 여드레 동안 병원에서 연명 치료는 아니지만 편안하게 있을 수 있는 처치를 받았고, 예후가 좋지 않은 폐렴이었지만 거의 고통을 느끼지 않은 상태에서 운명했다. 아들이 "아버지의 임종을 보면 저렇게 가는 것

도 그다지 나쁘지는 않을 거 같아요."라고 말했을 정
도로 행복한 죽음이었다.

우리 집은 결코 이상적인 가족은 아니었다. 일단
은 '집사람'인 내가 자주 밖에 나가 있거나, 집에 있
어도 글만 써댔으니까. 우리 집안에 대대로 남을, 우
스운 대사 한 구절이 있다.

어느 날 데리러 온 편집자와 함께 내가 외출한 후
남편이 나를 찾는 전화를 받았다.

"내 아내는 조금 전 어떤 남자와 같이 나갔는데
요…."

남편의 그 말을 옆에서 들은 비서는 웃음을 터뜨
렸다. 내가 외출에서 돌아오자 비서가 귀띔했다. "말
이야 바른 말이지만, 듣기에 따라서는 조금… 호호
호."

우리는 다른 사람들의 기준이나 이상에 우리 가
정을 맞추지 않았기 때문에 우스우면 우스운 대로
문제 될 게 없었다.

뭐든 무리 없이 쉬엄쉬엄 하는 버릇

"피곤해서 아예 못할 수도 있으니 중요한 것부터
해."

결혼하고 얼마 되지 않아 남편은 내게 그날 안에

저녁 설거지를 하지 않아도 된다, 그 대신 책을 읽으라고 했다. 중요한 것을 우선하지 않고 미루면 나중에 피곤해서 아예 못하게 되니 중요한 것부터 먼저 하라는 말이다. 다행히 밥공기나 접시는 다음 날 아침까지 물에 담가놔도 녹지 않으니, 푹 자고 일어나 기운이 날 때 치워버리면 된다는 것이다. 하지만 그렇게 책에 쓰는 시간이 중요하다는 말을 듣는 데 비해 솔직히 내가 그리 책벌레는 아니었다.

평범한 월급쟁이 가정에서 태어난 나는 작가의 삶에 대해 아는 바가 전혀 없었다. 비상식적이고 제멋대로인 사람들이 많은 세계가 아닐까, 그저 넘겨짚는 정도였다. 그것은 어느 정도 맞는 부분도 있지만, 작가라는 사람들이 모두 그런 괴짜들은 아니었다.

내가 원고료를 받고 글을 쓰게 된 지 얼마 되지 않아 남편은 어느 날 내게, 가족이나 내 몸이 아프다는 이유로 원고를 못 쓰겠다든가 마감일을 못 맞추겠다는 등 핑계를 대는 일은 없도록 하라고 했다.

원고만 신경을 쓰느라 가족이 앓아누워도 나 몰라라 내 일만 하는 것은 좋지 않다고 생각하는 나였으나 남편의 의견은 달랐다. 그는 프로의 길을 선택했다는 것은 일을 우선할 각오를 하는 것이라고 했다. 아이 몸에서 열이 나면 마감을 늦추는 게 당연하다고 생각한다면 프로의 길을 포기하면 된다. 아마 추어라면 언제든 "이번 달은 아이가 병이 나서 원고를 쓸 수 없다."라고 말하면 그만인 삶을 선택할 수 있다. 그러나 나는 이미 다른 선택을 했다는 것이 그의 주장이었다.

나는 위장은 튼튼한 편이었지만 감기만은 곧잘 걸렸다. 중년에 남편과 둘이서 마에바시(前橋: 군마현 중앙부에 있는 도시) 강연회에 갔을 때도 목 상태가 안 좋더니 결국 몸에 열이 났다. 마에바시까지 하루 전에 미리 가서 묵고 있었던 것을 보면, 당시 철도는 이동에 지금보다 훨씬 시간이 걸렸던 것 같다.

마에바시에 도착하니 주최자는 내 상태를 보고 조금 걱정했다. 이러다 막상 강연 시간에 내가 아파서 강단에 설 수 없다고 할까봐 걱정이 됐던 것이다.

그러자 미우라 슈몬이 나 대신 말했다.

"걱정 마십쇼. 소노 아야코는 프로라서 아무리 열이 나도 강연은 합니다."

말은 그렇게 해도 기본적으로 남편은 나보다 게으름 피우기를 좋아하는 사람이었다. 더 나아가 '게으른 본능'에서 큰 의미를 발견하고 있었다.

돌이켜보면 남편은 늘 내게 노력하기보다 쉬라고 권했다. 쉬기만 하면 웬만한 병은 낫는다고 믿고 있었다.

　나중에 내가 자주 아프리카나 동남아시아 등지를 여행하고보니 그의 뭐든 무리 없이 쉬엄쉬엄하는 버릇이 건강을 유지하는 데 큰 역할을 했었다는 걸 알게 되었다.

과로와 수면 부족은 가볍게 넘길 일이 아니다

　쉰이 넘어 나는 아프리카에 가는 일이 잦아졌는데 매번 말라리아를 신경 써야 했다. 내가 그곳에 간다고 하면 사람들은 흔히 예방접종 했냐고 묻는데, 나는 딱 한 번 마다가스카르 북단에 갔을 때 주사를 권유받았을 뿐 그 외에 미리 약을 먹은 기억이 없다.

　하지만 말라리아에 걸리지 않는 방법은 현지에 사는 일본 사람에게 일찌감치 들어 나는 그 방법대로 했다. 그것은 여행 중 절대 과로하지 말고, 충분히 잠을 자라는 것이었다.

　면역력에 대해 잘 모르지만, 해외여행 등을 가면 자신도 모르게 밤늦게까지 술을 마신다거나 동료들과 이야기를 나누게 된다. 이 먼 아프리카 오지까지 오는 일은 일생 두 번 다시 없을 테니 이 시간을 충분히 즐기려는 마음에서다. 전날 밤 새벽 한두 시에 잠자리에 드는 날이 반복되면, "다음 날 아침은 7시 조식, 8시 출발입니다."라는 안내를 들어도 아침 7시 전에 일어나기가 쉽지 않다.

해외여행은 일반적으로 비싼 돈이 든다. 그 비용을 개인이 지불하든 그가 속한 조직이 지불하든, 어쨌든 싸지 않다. 그래서 나는 늘 낮 동안에는 맑은 정신으로 그 나라가 어떤 나라인지 살펴보고 싶었다. 버스 안에서도 전선(電線)은 어디까지 뻗쳐 있는지, 현지인들의 집은 어떤 재료로 지어졌는지, 초등학교는 얼마나 멀리 떨어져 있는지, 현지 산물은 어떤 게 있는지 등 시간을 허투루 쓰지 않고 지식을 모으고자 했다. 하지만 전날 밤 너무 많이 즐긴 사람들은 버스 안에서 곯아떨어지기 일쑤다. 그것은 여행비의 낭비일뿐더러 무엇보다 문제는 그 사람의 면역력이 떨어진다는 것이다.

말라리아는 막을 수 있다는 사람도 자주 만났다. 아프리카에 오래 산 사람이 말하길, 어느 날 2층으로 올라가는 계단이 왠지 버거울 때가 있는데 그게 바로 말라리아의 전조 증세란다. 그 단계에서 일을 멈추고 충분히 쉬면 말라리아는 증상을 보이지 않고 넘어간다고 한다. 그가 의사는 아니었으니 그의 이런 말이 정답인지 아닌지는 알 수 없다. 하지만 에볼라 바이러스 같은 사망률 50퍼센트가 넘는 위험한

전염병이 창궐했을 때도 똑같은 환경에서 증세를 보이는 사람이 있는 반면 그렇지 않은 사람도 있으며, 그 바이러스 감염으로 죽는 사람도 목숨을 건진 사람도 있는 불가사의에 대해서는 많은 의료 관계자들도 의견이 분분하다. 그 가운데 개인의 면역력 차이라고 말한 사람도 있다.

세상에는 '영양실조'로 금발이 된 아이도 있다

면역력과 더불어 문제가 되는 것은 영양이다. 아프리카 등지에서는 사람들이 제대로 된 식사를 하지 못하는 경우가 많다. 식량 자체의 절대량이 부족할 수도 있고, 늘 단백질이 부족한 지역도 있다. 칼로리가 부족하면 아이는 피골이 상접한 해골처럼 살이 빠진다. 2차 세계대전 당시 아우슈비츠 강제수용소에 갇혀 있던 사람들 중 비슷한 몰골의 수용자들이 많았다. 하지만 현대에도 아프리카에서는 영양실조가 일상적으로 출현한다. 일본에서도 살을 빼고 싶어서 심한 다이어트를 하면, 여성들의 경우 생리가 끊기고 그 상태가 일정 기간 지속되면 불임과 같은 후유증까지 나타난다.

변변한 부식이 없어 옥수숫가루로 만든 빵밖에 먹지 못한 아이들 중에는 단백질 부족으로 부종이 생겨 오히려 뚱뚱해 보이는 아이도 있었다. 비쩍 마른 몸과 부종 모두 '영양실조'지만, 의학적으로는 다르게 표현된다. 칼로리 부족으로 살이 빠지는 것은 '마라스무스(marasmus)'라 하고, 단백질 부족에 의한 부종 현상은 '크와시오르코르(kwashiorkor)'라 명명하며 확실히 구분한다. 처음에 나는 금발인 데다 '크와시오르코르' 증상으로 몸이 부은 아이를 보고 체격이 좋은 것으로 착각해 "아버지가 코카시안(흔히 말하는 유럽계 백인)이냐?"라고 물은 적도 있다. 하지만 '크와시오르코르' 증상의 아이는 인종에 상관없이 머리카락의 색이 바래서 금발로 보인다고 한다.

말할 것도 없이 이 두 가지 영양실조는 치료 방법이 완전히 다르다. '마라스무스' 아이는 탄수화물을 배불리 먹이면 개선되는 면도 있지만, '크와시오르코르' 증상의 아이에게는 단백질을 먹이지 않으면 증상이 나아지지 않는다. 일본 사람들은 별 부담 없이 '밥이야 입맛에 따라 좋고 싫고를 가리지 않으면 언제든 먹을 수 있는 것'이라고 생각하지만, 세상 어디나 먹을거리 구하는 게 그렇게 만만한 것은 아니다. 그 나라 전체에 돈이 없으면 생산도 유통 기구도 갖추어지지 않기 때문에, 돈이 있어도 식재료가 없거나 곡류는 있어도 고기나 생선 등 단백질을 보급할 수 없다든가 하는 편파적인 상황이 발생한다. 그렇게 되면 우리라면 간단히 구할 수 있는 식재료나 약 등을 돈이 있어도 구할 수 없게 된다. 혹은 재료는 구해도 가스는 물론 전기가 없어서 냉장고를 사용하지 못해 음식이 부패하는 불편함이 생긴다.

현대 일본인들처럼 언제든 전기와 깨끗한 물을 쓸 수 있고 어디서나 수세식 화장실을 쓸 수 있는 축복받은 상황을 기대할 수 없는 곳도 많다.

몸을 경영하는 것은 우선 자신의 책임

남편은 임종하기 1년 정도 전부터 내과의와 치과의가 집으로 왕진을 왔다. 체력이 남아 있지 않은 노인을 병원에 데려가는 일은 가족에게 큰일이다. 자동차로 데려가도 병원 현관부터 휠체어를 밀어줄 사람이 필요하다.

치과의의 왕진을 받을 수 있다는 걸 알았을 때 나는 남편의 상태를 전혀 모르는 그 의사에게 감사의 인사를 하느라 바빴다.

아프리카에서는 치과에 갈 수 있는 건 도시의 좋은 동네에 사는 사람들에 한하며, 시골에서는 이가 안 좋아지면 마을 촌장이 가지고 있는 녹슨 펜치로

이를 뽑아달라고 할 뿐이다.

　세상 사정이 그러한데 90이 넘은 남편은 집에서 치과의에게 스케일링과 발치 서비스를 받는다. 이와 같은 일은 아프리카에서는 꿈같은 일일 뿐이다.

　아프리카 주부들은 서른 정도까지 아이를 대여섯 명 낳는데, 영양 섭취가 충분치 않아 서른에 앞니가 빠진 채 사는 경우도 드물지 않다. 임신 중에 충분한 칼슘을 섭취하지 못하기 때문이다. 돈도 없고 약품이 원활히 유통되지도 않으니 시골에서는 의료 혜택을 거의 받을 수 없다.

　필요 시 언제든 병원을 이용할 수 있는 것만으로도 얼마나 큰 혜택인지 모른다. 그럼에도 불구하고 살을 빼기 위해 밥을 굶으며 평생의 건강을 스스로 해치는 사람들이 있다.

　몸을 경영하는 것은 우선 자신의 책임이다.

옮긴이 **오유리**

일본어 전문 번역가.
1969년 서울에서 태어나 성신여자대학교 일어일문학과를 졸업했다.
옮긴 책으로 《알아주든 말든》, 《나다운 일상을 산다》, 《도련님》, 《마음》, 《사양》, 《인간 실격》, 《파크 라이프》, 《랜드마크》, 《워터》, 《일요일들》 등이 있다.

여기저기
안 아픈 데 없지만
죽는 건 아냐

1판 1쇄 인쇄 2024년 4월 22일
1판 1쇄 발행 2024년 5월 8일

지은이 소노 아야코
옮긴이 오유리
펴낸이 김현정
펴낸곳 책읽는고양이/도서출판리수

등록 제4-389호(2000년 1월 13일)
주소 서울시 성동구 행당로 76 110호
전화 2299-3703
팩스 2282-3152
홈페이지 www.risu.co.kr
이메일 risubook@hanmail.net

※책값은 뒤표지에 있습니다.
※잘못 제본된 책은 바꾸어 드립니다.